# 爱情、恐龙和猫

李大卫

著

中国友谊出版公司

## 图书在版编目（CIP）数据

爱情、恐龙和猫 / 李大卫著. -- 北京 ：中国友谊出版公司，2020.7

ISBN 978-7-5057-4941-2

Ⅰ. ①爱… Ⅱ. ①李… Ⅲ. ①长篇小说－中国－当代 Ⅳ. ①I247.5

中国版本图书馆CIP数据核字(2020)第105033号

**书名** 爱情、恐龙和猫
**作者** 李大卫
**出版** 中国友谊出版公司
**发行** 中国友谊出版公司
**经销** 新华书店
**印刷** 唐山富达印务有限公司
**规格** 880×1230毫米 32开
8.75印张 149千字
**版次** 2020年11月第1版
**印次** 2020年11月第1次印刷
**书号** ISBN 978-7-5057-4941-2
**定价** 42.00元
**地址** 北京市朝阳区西坝河南里17号楼
**邮编** 100028
**电话** （010）64678009



如发现印装质量问题，可联系调换
**电话** （010）59799930-601

一个不安分的人，一只不安分的猫

# 一

好多年后——是的，好多年后——我面对时光机的扫描头，回想耗耗当初去加州的时候。耗耗是我的猫，就因为个子小，像只耗子，由是得名。小家伙小模小样的，真是招人喜爱。绒毛又长又白，眼睛又大又绿，整天没事就坐在窗台上朝窗外凝视。真的是凝视。

我楼下是公共花园，每天都有周边人家的猫呀狗呀在草坪上追跑打闹，主人坐在凉亭上、水池边看着，微笑着，相互交流养育经验。面对宠物的成长，大家面露欣慰。其中最显眼的是一只短毛灰猫，主人就住我楼下，据说这小家伙生在美国。耗耗和他认识，常跑下去找他玩儿。他们家有好多从美国买来的猫玩具，耗耗羡慕得不得了。有一回可能是在楼下吃猫薄荷，嗨过头了，晚上回家后，晚饭他只吃了一小口，就歪到床上想心事。辛辛苦苦为他准备的饭全都浪费了。

“耗耗,我是养不起你了。哪天给你找个有钱的人家吧。”

“您别这么说呀，老爸。”说着他就哭了，“耗耗不能没有您。”

“对不起，是我错怪耗耗了。”我忙着给猫道歉，“来，亲亲抱抱举高高。”

“嗯，举高高。”

自从那次以后，耗耗很长时间没再到楼下那家去。我知道他心里想去，可又怕我不高兴，于是对他说：“想找你的朋友玩儿，那就去吧，别乱动人家东西就行，显得咱们没规矩。”小家伙扭捏了一会儿，说：“那耗耗就去了哦。”看着他下楼，我想起自己小时候。幼吾幼，以及猫之幼。世界上存在猫，就是让人有机会看见自己从小怎么过来的。

# 二

当年被学校开除后，我一直没找到靠谱的工作。其实同学里面坚持到最后，吃过散伙饭，拍过集体目光深邃照的，后来状况也都不乐观。考进研究生院的时候，我们的绘画专业早已经成了自由落体；学院训练的那套手艺很快被人工智能搞定，让位给各种观念活动。

那是学专业出身的弱项。用这些人自己的话说，这个圈子里待久的人，都是艾滋病患者，被“获得性想象力缺损综合征”（Acquired Imagination Deficiency Syndrome）锈蚀了脑子。结果圈里人都在转行。坚持做手工的也有，因为那其中饱含情怀。问题是情怀党说的手工，仅指我们认定的手工——不动手的人都喜欢盖章收税——到底是不是手工做的，其实没人看得出来。

我也有过独立工作室。非常独立的那种，自己画出东西给自己看，反正成本降到了最低。后来我进了媒体，从平面设计开始，后来成了只谈风月的撰稿人，总之不搞硬新闻。最后，像我这么个喜欢宅在窝里的人，居然进了一家旅游公司。只有在这里，还有机会操练曾经选修过的影像技术。而这也是转了一圈后才发现的。现在人都忙，没时间的比没钱的还要多，好在赶上虚拟现实技术普及，刚好用来制作风光片。游客们连小区都不用出，只凭一套设备，想去哪儿就能去哪儿。

在一个各路新手纷纷杀入，用屎尿划界圈地的领域，自行生产内容就成了事关生存的事。这也是公司成立我们那个部门的主要考量。若干年来，全世界的俗套景区挤满了中国同胞，结果在中国身价暴跌。公司便决定推广一款新产品，就是经过后期处理，把游客带到删除了所有中国人脸的巴黎铁塔、纽约自由女神像、悉尼歌剧院等诸如此类的地方。

项目在我之前就有，可热闹过一阵就不行了。问题出在人身上。参与其事的都是艺术家，非但没有做应用的现实感，就连虚拟现实感也没有。虚拟现实要求连续呈现，叙述的转折之处不能断裂式跳接，场景之间的转换只能淡出淡入。这不是从旁观赏，而是基于第一人称视角的介入式体验，你不能动不动就给游客来一连串蒙太奇。再有一个问题，就是原先那些虚拟中的目的地还不够远。说到这里还没来得及介绍，这家公司的名字就叫远方。

那就把人带到更远的地方去。除了空间的远，还有时间的远，最好能去恐龙生活的世界。比这更早的寒武纪、二叠纪之类，感兴趣的人不多。这个城市有一座设施蛮先进的科技馆，早就在用虚拟成像技术展示中生代的动植物，三叠纪、侏罗纪、白垩纪都有，只是一般人分辨不出地质年代的区别。我们就是喜欢外形威猛的大家伙，尤其是霸王龙，还有长颈长尾的蜥脚类素食龙。这两者属于两个完全不同的世界，遭遇的可能性为零，但不妨碍一般人把它们纠合到一起。前些年不少科学家想用现代鸟类的 DNA，通过逆向生物工程复活恐龙，结果是一连串失败。现在不再有人敢在这上面烧钱了。

科学研究总是有成有败。恐龙没制作出来，时空穿越却成了现实，而且省去了运载火箭、太空船那些昂贵的大型设备。最初的宇宙大爆炸就是我们这一轮时间的发令枪，暗夜茫茫，我们都是宇航员，地球就是我们的太空船。现在有了更酷、更性感的技术，允许我们在时间中改变航向。几年前科技报里的新动态，转眼之间已经制造出了利润。在我们这家跟科技扯不上边的公司，从销售到票务部门，量子、虫洞这些概念，也都成了年轻人的口头禅，就像早些年的转基因一样。你可以弄不懂质能等价究竟怎么一回事，哪怕做不出四则运算，但这并不妨碍你狂粉爱因斯坦之余，穿一件胸前印着 $E=mc^2$ 的圆领衫，到处嘚瑟。

谁都知道高科技是救命稻草，可谁也猜不出到底是哪根稻草，才能帮你浮出水面喘口气。现在总算有了答案，非常明确的答案。用不了太久，要是你从没有穿梭到中生代看过恐龙，那就像没爬过长城，没去过迪士尼乐园，必将在未来的人生中留下五十度心理阴影。但是，时间机器不是一般的耗能——基本就像多层宇宙之间架起直通电梯，送你一路下降到某个设定的古地质年代——还有超级计算机的运行成本，再加上投放初期有限的市场规模，一般人根本不要惦记这件事。

最贵的一档服务，就像搭乘透明的观光电梯，沿时间轴逆行，一路观赏倒流的历史进程，就像老式录像机的倒带功能，专家们管这叫“深度回溯”。你会看到“泰坦尼克”号浮出水面的冰山，或是棺木从墓穴中升起，或是喜马拉雅山沉回海底。差一些的，像被塞进时间胶囊，直接泵送到终点，稍作停留就得返回。对于基本受众，还有其他级别可供选择，就像飞机上的头等舱、商务舱和经济舱分级布置。至于更多人，“飞”都可以免了，只要买票，就能观赏“远方旅游”公司制作的高解析度虚拟现实。虽说与实地观光尚有差距，可最起码，所有数据也都是实地采集。此外，增加与目标景观的互动效果，也会带来收费差别。

就在这段时间里，我发现几个带团去过中生代的同事，返回到现世之后，整个人都变了，谁也不肯提起那边的事，就像长时间没入深海的潜水员重新上岸后，正常喘气都要重新学。至于那几位的气色，倒是没有任何异常，就是不愿意说话。看来整个行程至少对健康无害。不管轮到谁，一头扎到几千万甚至上亿年前跑一圈再回来，难免经历不足为外人道的震撼。就连出一趟国，都能改变很多人的一生，何况这种凡尔纳都不敢想象的，比远还远的远行。现在我参加的制作小组要按计划启程。我们摄录的白垩纪外景素材，会被编制成长度为五十分钟地球时间的虚拟旅行，叫作《霸王龙的世界》。

我向管理层申请，希望他们批准我完整观察六千六百万年前，那次大灭绝事件的全过程。我想知道那个全球规模的史前庞贝，究竟是怎样的一番惨景。经过了所谓的 K/T 界线之后，是不是所有恐龙都被喷薄而出的火山灰烤熟，无一幸免？我的这份奢求，被公司直接驳回。商业公司又不是只花钱不赚钱的古生物研究所，我的本分只是用影像招揽更多的付费游客。自从上世纪末，不少新发现的兽足恐龙化石，证明这些鸟类的祖先身上披覆着原始的羽毛，恐龙的形象就此逐渐萌化，蜥蜴般的传统冷血造型从此淡出传媒。这意味着一个传统上属于臭小子们的怪兽世界，开始具有吸引女性受众的潜质。

出发之前，我的右眼一直在跳，感觉自己就像一只实验白鼠。毕竟这是要去另一个世界，依靠的又是一项全新的技术。虽说整个过程早就被无数次模拟过，从理论物理学家到科幻、漫画作家，都提出过各种预案和应对措施。可那都是纸上谈兵。我老人家真的不会出什么状况？要是英年殉职了怎么办？我想了不知多少遍。

公司班车把我们一行三人拉到郊外大学城，一座普通的办公大楼，四四方方，玻璃幕墙，没有明显的标识，完全不是宇航中心或者超级实验室那种地方。这一点我早想到过。虽没指望环境如何科幻，但一切家常到如此地步，还是让我大感意外。整个过程很像例行体检。在此之前，我们已经做过一次全面体检，其间还淘汰过一名本已入选的成员。但这丝毫没有缓解我的紧张。我一直让自己相信，所有这些无非就是身体接触复杂设备引起的排异感。

提供技术支持的那家公司，标识是一只阴阳脸的猫。作为艺术生，科学知识我所知不多，但总怀疑这其中必有原因，也许和时间机器研发初期的动物实验有关系，就像早期的太空计划。载人宇航实现之前，曾有不少小动物被率先送入外层空间。这个小小的精英群体中，有过一只猫，雌性，小名叫作菲丽赛特，属于法国的早期宇航计划。1963 年 10 月，这只黑白花猫被火箭送到大气层外，然后依靠伞降回到地面。那是一次成功的飞行，包括几分钟的失重状态。可惜那只猫，整个探险全都扛过来了，回到研究中心却被实施安乐死，然后做了解剖。

现在的我，还有我的两个同事，就要委身于一台时光机。说不定那台机器曾经把一只猫，送到薛定谔描述过的另一重宇宙。可是猫的结局呢？是否就像薛氏思想实验中的猫一样生死不明？

准备过程很像医院里的核磁共振扫描。除去随身衣物之后，一个穿白工作服的年轻助手，又向我们每人分发一套密闭式套装，还协助我们穿好。这副披挂一看就是防护用的，厚软的黑色面料显然具有向内置系统采能供电的作用。还有一顶尤里·加加林那样的透明头盔。助手管这套行头叫“蚕茧”，很贴切的说法。

披挂停当之后，待发的三个时间探险者一下变成米其林宝宝的样子。除了生命保障之外，防护服另有一项功能是在隔离层内部维持一个微型能场，把人封裹在原始出发地的时间里，就像把二十一世纪的某一天，随身携带在身上。我们使用的录制设备也被封装在头盔内部。这是绝对必要的处置，否则一旦接触到另一个时间，来自尘土的便会瞬间归于尘土，四散到那些物质所属的原初地层——不要忘记各种材料根植于不同的地质时间——弄得不好，瞬间的巨大应力会把你一下撕碎。

简单地说，这次时间旅行就像把电邮从一个宇宙发送到另一个宇宙，每个团队的参加者，都是一个被上传的附件。准备程序一经完成，你身体、意识的全部信息已经被重新编辑、打包。这时的我和两位同事，被处理成一束数据流，钻入无数量子泡沫之间的虫洞，朝预定的时间点一路闪电蛇行。我闭目合眼，假装入定，老实等着超级电脑的解算、传输。整个过程没有运载火箭升空时的震颤，比商用班机还要平稳。为预防万一，事前我还是申请在“蚕茧”里面装了电子尿布。我这人胆小，不只担心系统故障，还有另一件事让我觉着不踏实，就是辐射剂量可千万不要超标，否则真就把我老人家当成化石给扫描了。

我们目的地是晚白垩纪的最后一天。邮件送达目标，我们这些随函而至的附件逐一打开，如梦初醒。这是一片冲积平原，极目处一片平缓的丘地，深茂的林地蔓延而下，在眼前的河滩不远处止步，枝叶间开满肥厚的花朵，粉白相间好像木兰，招来如云的蜂群，无数膜翅在空气中激振出嗡鸣声，经过头盔两侧的拾音器，过滤成纤微的数码颤音。大河由此缓流入海。天色尚早，而天际却已经有一抹浓郁的血红，漫卷如晚云。那是一座火山喷发时，悬浮的灰云造成的阳光衍射。这些来自地幔的尘埃终将沉降到我们脚下，把来自地心的大量铱元素带到地面，铺垫出一片分隔层。

这是一个断代剖面——白垩纪即将结束。我们此行的任务就是记录恐龙王朝的最后瞬间，然后赶在那颗超级陨星闯入地球大气，触发物种大灭绝之前撤离。

一队小黑点投影在防护面罩的内侧。我调高镜头放大倍率，看到一队诸城龙沿水岸行进。这些高大的鸭嘴龙不时停下，直立起佝偻的躯干，粗壮的长尾撑住地面，袋鼠般东张西望。我把这些画面摄入镜头，储存到记忆体中。我的头盔顶部，是炮塔一样全周旋转的活动壳体，摄像头就暗藏在里面，自动锁定预选目标，全息摄制。

我独自走向阔大的河岸，一路观赏这个历史的黄昏。同行的导演早已带着另一位同事，沿着相反的方向，跑去追踪那些明星动物了，尤其是长着花色羽毛的诸城巨暴龙。早在立项之初，我就做了一些家庭功课。经过一段时间的利害权衡，我提交了一份申请，主动承担“酷值”较低的沿河外景的拍摄。这是我的鸡贼之处。

为筹划这次摄制，公司咨询过几位古生物专家，根据现有知识，选择一个距离 K/T 界线——除鸟类之外，全部恐龙灭绝的白垩纪 / 古近纪分隔线——最近的恐龙聚集点。我请教过其中的潜在风险，可项目经理顾左右而言他。常识告诉我，任何技术都不是百分百靠谱。万一有了闪失——我是说万一那颗造成地球生命第五次大灭绝的小行星撞击地球后，淡水河中的生物幸存率是最高的。也许因为流水可以缓冲燃爆形成的气浪和高温。

摄制组穿着黑色防护服，所用的织料具有偏转光线的特殊功能，即便目力最强的恐手龙，也不可能在视场中锁定我们。肉食恐龙的威胁因此可以忽略不计，可我担心那颗灾星的抵达时间估算有误。如有不妥，我还可以躲到水下避一下风头，等“老家”的控制中心重新设定返回窗口。如果运气帮忙，还能顺便捕捉到暮鸟一类水禽的镜头。它们就像史前版的企鹅。可惜这身防护服实在臃肿，没法下潜作业，拍摄它们的水中活动。

意外就在一瞬间发生。眼前的河面上升腾起一柱水花，就像水族馆的鼠海豚腾跃表演。我看见一头远远大过海豚的动物跃出水面，腾空转身，再重新沉入水下，溅起更大的一圈水花。紧接着，一道黑影掠过水面，流星赶月般朝我冲来。操，是翼手龙！一只低飞搜索鱼群的翼手龙被潜伏水下的沧龙盯上，凌空跃起扑咬，被它一个滚转，从利齿的缝隙间逃脱。这只爬行版鹈鹕掠过河面，振翅朝我飞来。我这身该死的隐身服！翼手龙没有看到眼前的障碍物，尖锐的长喙一下刺入我的面罩。一声碎裂，保护胶囊破裂，眼前漫开一片蛛网。

接下来是泄漏。电光火石的一瞬间，我曾经归属的时间挥发殆尽。防护服突然变大，原本贴身的内层砰然离我而去，变成一间大帐篷。我在里面左右鼠窜，四处碰壁，最后找到面罩上的破口。

挣脱那副盔甲，我就近钻入树丛，惊魂未定，呼吸急促，眼前的长鼻子生出棕色的短毛，尖尖地向前突出。我的意识却在朝向原点飞快地退缩。我被困入一个完全不同的时间，六千六百万年前的时间。我的基因沿着返祖方向重组，直到定型为一只老鼠大小的始祖兽。来自遥远未来的残存记忆告诉我，从琥珀化石的气泡中采集的空气样本测定，白垩纪大气成分中，三分之一都是氧。现在我的感觉就像被抛进了氧舱。

我掉头朝山脚下跑，尽管前爪还不习惯。我要找到同事，他们会有办法救我。一定会有。跑到一半才想起，没有头盔上的传感器，他们在我眼前就是隐形人。更何况，我自己正在上演的这出变形记，早超出了所有人的理解。我绝望地摇动新长出的长尾巴，发出三短三长三短的求救信号——SOS！没有谁注意到我。一群伶盗龙正在离我不远的地方东张西望。那可是些狠角色，一看就是；爪子的每一次伸探，脑袋的每一下扭动，还有前臂上不时振翘起来的羽毛，每个细节都在告诉你，它们随时可能爆发出什么样的速度和力量。

我变成小兽慌不择路，看见一个土洞，也不知被什么动物刨出来的，便一头钻了进去。洞是空的，原主或者早就另有栖身之处，或者死了。等喘息稍定，悲伤填满了窄小的空间。我一下变成自己遥远的祖先，措手不及，也不知道能不能逃过这飞来横祸。我好像听见那颗星体闯入大气的尖啸。我不属于这里，我属于未来，很远的未来。

时间已经停止快倒，在白垩纪尾声恢复正常播放。洞口外那只伶盗龙早已经消失在远处，一头素食的厚顶龙走过洞外的灌木丛，滚圆的光头随着躯干俯仰，姿势像鸟那样一探一探，就像老电影里的秃顶革命导师，前仰后合地讲演。那是我对另一个世界最后的记忆闪回。

Good-bye，Lenin！

# 三

故事回溯到两亿年前，那是古生代的二叠纪，脊椎动物逐渐进化到胚胎包覆羊膜的水平。这比鱼啊蝾螈什么的，已经复杂了很多。这些新物种开始分化，向两个不同的方向发展。一种属于兽型类，另外一种是蜥型类。

先说后一种。它包括了现代爬行动物的祖先、恐龙和鸟类。而前一种基本都是哺乳动物，还有一些类哺乳爬行动物，不过早就全部灭绝了。我们人类也属于前面一拨。两亿多年来，两拨物种此消彼长，残酷竞争。我们怕蜥蜴，怕蛇，或许就是因为这一“世仇”。我和耗耗一起吃鸡这件事，说不定就是一种历史性复仇。

先是出现了盘龙目。博物馆里的异齿龙、基龙化石，都是它们的遗骸。可盘龙不是恐龙，后者还要再等上几千万年。

这些史前怪物——我们自己不觉着怪，要不哪儿来的性欲交配？——背上有一面宽大的帆形结构，就像鱼的背鳍。这片直立棘骨支撑的皮膜内部，也许有丰富的血管组织，可以吸收阳光或者散热，也许还能在求偶季节用来招摇。

盘龙目中的一支继续进化成兽孔目，占据了陆地食物链的最高端。又过了几千万年之后，其中的一种犬齿兽开始变得毛茸茸的。它们是哺乳动物的祖先。所有陆地连为一体的盘古大陆上，古生代此时已到末期，最后以二叠纪大灭绝结束。七成陆上生物，还有超过九成的海洋生物就此消失。那是两亿五千多万年前的事。经此大劫，生物界彻底重新洗牌。幸存下来的前朝强者，包括犬齿兽，也曾一度奋力厮杀，重新卡位。然而它们输了，输给了原本居于劣势的蜥型纲的主龙类。这些后起之秀演化出鳄鱼、恐龙还有鸟。

世界进入中生代，我们的哺乳类祖先被迫转入地下，在优势物种不屑插足的角落潜行、演化。它们体型短小，昼伏夜出，以昆虫为食，是些见不得天日的鼠辈。阳光下的世界属于新崛起的恐龙。哺乳类小兽瑟缩在史前巨兽的阴影下，张望寻觅一线生机，直到六千六百万年前，一颗外来星体命中地球。飞来横祸引发毁灭性的地震、飓风、海啸，以及全球范围的火灾，接下去是大气层中长期悬浮的灰尘，阻断植物的光合作用。全球生物减员过半，历时一亿余年的恐龙王朝就此终结。

恐龙退出留下的真空，是哺乳动物“亿载难逢”的机会。这个弱小种群瑟缩在生存舞台边缘，靠捕食昆虫和软体动物为生。寒酸的食谱让毛茸茸的惊慌小兽们在危难中觅得一线生机。这些都是天意，没有什么优胜劣汰。卡尔维诺在《宇宙连环画》里写道，一头大灭绝后幸存的恐龙，也没说具体哪个种类，反正阴差阳错，混入一群新兴哺乳动物中，混成一个受气包。那些历史的宠儿年复一年，来回讲述同一个反恐龙战斗故事，好像我们天生就是战无不胜的优越物种。说到最后，大家都是劫后余生。

宇宙中的另一个次元，我的量子防护服被翼手龙的尖喙刺破，在 K/T 界线另一侧掉队，等待飞向地球那颗小行星的最后一击。至于最终我能否幸存，幸存到大劫难之后炼狱熄火，还是最终适应了热浪之后核冬天般的黑暗酷寒，与我同行的人无从判断。可能我早已灰烬无存，也可能又和新同类有了交集。我在六千六百万年之外，成了一只薛定谔的犬齿兽。

我甚至求偶繁衍。再过千百万年，那些后代们又进入不同的进化路径，通往千万种结果，其中有人类，也有猫。这个叠缀了无数拐点的树型谱系当中，我在某个节点化身为当前世界的我。而与此同时，当初我的另一部分基因经过无数次转账，被今天的一只猫所继承。我们之间的分野，早在百万年前就已决定了我们后来的关系——除铲屎之外，是我养活他，而不是相反。对此我听到过不同解释，从直立行走带来的开阔视野到大脑容量到手的解放。但这些是果，不是因。

发生这一切的起因，是历史上的某一次基因突变，改变了我们调节系统内部温度的方式，就靠那些猿人有汗腺。排汗带来的结果之一，是长距离运动的能力。活动半径的增加，提高了躲避猛兽攻击，发现生存资源的机会。没有田径就不会有围棋和钢琴。人的伟大业绩，都是万里长征走出来的，从走出非洲开始。

# 四

这天午饭后，我站在校园图书馆顶层一个窗口后面，用手机的望远镜头瞄准学校的后院。楼下几行枝叶茂密的白杨，涂白的树干像在喷冒绿烟。背景远处是一座电视发射塔，椭球形观景台隆凸在半旗位置，就像核爆后腾燃至半空的蘑菇云。还是初夏，早熟的暑意在校园已随处可见，暑假还有几个星期，露天游泳池早已经热闹起来。

透镜增强的视线越过树梢，直到不远处，一片泛蓝的水面。我用手指撑大屏幕上的图像，一团乌斑好像显微镜下的细胞，忽然间分裂成轮廓清晰的人形。几个女生掀起轻快的水花，相互撩击，笑闹声融进想象中的氯香。我远远地窥视她们，迎面而来的阳光蛰咬着我的脸和两臂，适意当中略带一丝麻痒。好像我正随意翻着一本小说中的某个章节，几个戏水的人物全然不知这个读者的存在。

一个戏水的姑娘仰身向后倒浮在水面，转眼之间游到深水端，然后停下换气，脚下踩水，一面抬起右臂，朝浅水区的几个同伴招手，随即整理一下白色的塑料泳帽，捞起身边漂浮的什么东西，奋力从水中跃起，把它抛向池边，动作让人想起水族馆的海豚表演。然后她再次跌落回水中，潜回同伴中间，留下渐渐平复的水纹。

新换的池水针砭着姑娘们的肌骨。一个穿黑泳装的姑娘游到池边，抓住弧形的爬梯扶手，抬腿一步步迈出水面，上身微微后仰。她跨上池沿，往更衣室走去，水泥甬道上留下一溜渐次模糊的湿脚印，在暴晒中的干烫地面上随即挥发。道旁草坪上点闪着雏菊和矮牵牛花，斑驳跳跃成阳光轻快的笔触。

浇灌草地的自来水喷头，一顿一顿地旋转着，就像古董座钟的秒针，每当转至一个角度，便在阳光中激出一弧瞬间的薄虹。我的视线礼貌地停在更衣室门外，而我的嗅觉想象则继续跟踪搜索。浴室漫出一阵氨臭，泪水立即模糊了我视线的焦距。我突然听见鸟鸣，在手机屏幕的取景范围之外。窥视带来的兴奋和歉疚，让我忽略了背景中的鸟声。

那个女生出更衣室，已经换上松石绿T恤和白短裤，胸前印着西庇阿爪龙的化石图案，黑框眼镜很远就能看到，一副耳机听诊器一样挂在脖子上。她手中拎着一家商场的红色购物袋——一些硬物的轮廓隐约凸起，显然装着洗浴用品和换下的泳装——同时另一只手把梳子放进袋子。另外几个姑娘也已经上岸，迎面说笑而来，其中一个松石绿泳装裙边微翘，正从手腕上退下存衣箱钥匙，嘴唇一开一合。

我为这段镜头中的默片脑补对白和背景音乐，凭借想象猜读她们的口型。再看恐龙女生，已经把耳机戴好，在手机屏上选好歌单，从存车处推出一辆半旧的山地车，抬腿迈上车座，骑出游泳场，带走了本就无声的耳机里的配乐。游泳场一下荒芜下来。池边一张折叠椅上躺着一副不知谁丢下的太阳镜。

眼前的画面忽地一变，离泳池不远的草丛动了起来。我以为是风。再看是一个小白毛球，窜入镜头的视场，摇着蓬松的黑尾巴，像是在追一只飞虫。它跑到水池的边沿上，继续追逐那只看不见的猎物，在瓷砖拼出的方格图案之间，棋子般不时挪换位置。它后腿直立，两手上下左右挥动，好像歌剧咏叹到了抒情的高潮。

穿恐龙 T 恤衫的女生慢慢骑行，离图书馆已经不远。我没等她锁车，就早早跑下楼梯，在门前高台阶上等她，招手：“嗨，金永红。”

我们早已有约。

# 五

我们穿过校区，走到隔壁的公园。湖岸那条卵石小道，一路嵌满花草鸟兽的马赛克图案。过了一座仿古石桥，一片冷杉林呼吸出绿莹莹的清凉气息。新浇灌的草丛随风起伏，把湖面的波动一路传播上岸。几丛紫罗兰随处点染在沉甸甸的绿色当中，斑驳耀眼地跳闪。

又转过一道湖湾，就是水泥预制件构建的回廊、水榭，好像老式积木拼搭成的玩具房屋。往前不远是游船码头，双桨木艇系留在栈桥另一端，在水风中上上下下，像长长一排琴键。这里原本是一家小卖部，几年前改造成兼营咖啡馆的西餐厅。刚开业的时候，厅堂里弄了好多廉价材料做成的小摆设，感觉像老电影里的古埃及。后来厅堂重新装修，裸砖墙面改挂黑白照片，还有一架老式战斗机头，就像狩猎弄回来的野猪或者鹿头，略嫌粗糙的表面处理像是 3D 打印出来的，螺旋桨一转就是电扇。

这一带是学院区，除了本地和外国学生，也有附近创业公司的年轻人，躲到这里谈事情。虽说不是我的那杯茶，但毕竟是湖景餐厅，地点又在大学区中心，人气自然差不到哪里去。除了餐饮服务，这里还有大受欢迎的烹调讲座，特别是意餐入门课，而且很快发展成一个论坛。我们学校一名教世界史的中年讲师，学术上从没遇到过机会，靠着每个周末在这儿传授烹调和食材的历史，从驼队时代的物种传播、帆船时代的香料贸易，一直讲到新一轮全球化和分子料理，结果居然就红了，还有人专门请他出书、做视频。

餐馆另有一项服务，就是多人聚餐可以分开算账，在北京这种内陆城市显得很有都市感。可据说这里的营收状况并不好。多数客人的收入决定他们的消费偏好，即以最低成本，尽可能消磨更多的时间。也有同学说，这里的主事就喜欢坐在柜台后面，放着音乐听这些人聊天。你会在这儿看见各种脸上写满思想、情怀的人，打开苹果电脑，坐在那儿发愣。

那天下午我校多数班级上课，给这里空出短暂的一段安宁，像玻璃窗隔出来的一个静岛。金永红经常背着电脑过来做功课，避开满座的学校图书馆。时间离日落还早，她选了有冷气的室内。临窗的小桌不设椅凳，两边各用粗大的棕缆吊起一具秋千。

没等落座，金永红便转回头，躬身朝餐厅的电子钢琴摸去，也不知道出了什么幺蛾子。我也随即转身，看见放平的共鸣板上蹲着一只小白猫，歪着头朝我们这边看。我觉着眼熟，过了一阵，想起就是中午跑到游泳池边的那只猫。见有陌生人过来要摸它，小家伙转身要逃，在键盘上踩出一串不规范琶音。不知道金永红碰到控制面板上的哪个键钮，钢琴自动奏起一段预先录入的快速华尔兹，小猫耳朵动了几下，突然随着圆舞节奏，追着自己的尾巴转了起来。

等金永红一脸惊讶地回来，我们俩各自点了咖啡和啤酒，谁也没选那些“桃源仙踪”“日暮修竹”“红袖满楼”之类的。还有饮料单上推荐诸如“意识形态”“始祖鸟”、Quattrocento，你简直想象不出是拿什么调出来的。

金永红在地质系读二年级，学的是古脊椎动物，也是我们学校这个专业唯一的一名女生。她留给我最深的印象，是从不屑于戴隐形眼镜。在这个只招本市生的二线学院，她属于少见的学霸。北京这个地方，不管哪个领域能出头的，基本没有北京人。金永红最近写完一本关于恐龙的科普读物，她的第一本书，而且找到了愿意签下书稿的出版社，据说和那名写烹饪史话的老师是同一家，唯独配图一直没有着落，于是在“领英网”上公募插图作者。

最后中标的是我这个近水楼台的本校人。除了搞过连环画这一点长处，接受盘问的时候，我还没把白垩纪和侏罗纪的恐龙给弄混。作为一个不工作的本科生，小金同学没有能力预付稿酬，只好等到版税到手，再按商定的比例分配。

“知道这是哪种恐龙？”金永红发现我在偷看她胸前的图案。

我略一尴尬，然后点头。我在博物馆见过这只肉食小恐龙的化石，一块平滑的页岩表面，清晰凸现出一只兽足恐龙幼雏的侧影，纤小的体腔内，还有内脏轮廓隐约可见，头部仰翘，口颌略微张开，里面上下两排尖细的牙齿。小家伙有个十分威猛的学名，叫*Scipionyx*，西庇阿的爪子。西庇阿是第二次布匿战争击败汉尼拔的罗马统帅，爪子这部分则来自体征。它还有个绰号叫Ciro，自带一种小正太式的萌宠感。我没学过意大利语，可没吃过猪肉，总见过猪跑，知道不少小男孩儿叫这名字。

“知道我为什么喜欢它？”

我摇摇头，总不能说因为长得可爱吧。以貌取龙，只有我这样的门外汉才会有这种念头。

“因为它的呼吸器官没有气泡，更像鳄鱼，不像鸟。”

“鸟不是和兽脚类有亲缘关系吗？”我忍不住卖弄平日涉猎的那点博物学知识。

“就因为所有人都说鸟类是从兽足类恐龙进化过来的，姐听了就烦。”

“于是呢？”有关鸟类起源的争议，我也算略知一二，包括一些学者坚持认为恐龙的脚结构和鸟完全不同；前者退化的是三趾和四趾，而后者则是一趾和五趾。当然这种小儿科见识，心里偷偷过一遍就行了，我不想跑到雅典去卖猫头鹰。

“所以我的兴趣变啦。现在逃离鄙圈那一地鸟毛，研究蜥脚类的大家伙。姐以后要讲的，是另外一个故事。”

“可蜥脚类里面，不是也有一些像鸡那样，靠胃石研磨吃进去的东西？”

“又是从科普书里偷看来的吧？”

我点头承认自己要做有罪辩护。

说起这次应征，本来存了一点私心在里面。自从读研之后，趣味眼光不经意地有了变化。先是对涂鸦、连环画有了兴趣，接下来又是设色浓郁笔法细密的北宋花鸟。再往后，美术馆去得少了，自然博物馆去得多了，从此对师法自然有了不同理解。凭借一点入门级自然史知识，知道现代鸟类是第五次大灭绝之后，幸存下来的一支兽脚类恐龙的后裔。继而忽生一念：单就题材论，描绘恐龙和中生代植被的古生物艺术，大可以定义为花鸟画。

我知道，美国那种英雄史诗范儿的古生物画，像鲁道夫·F. 扎林格的《爬行类时代》，现在的人最好别去效仿。除了知识、趣味不一样，那种复古式博物馆空间也早过时了。我私下一直在尝试，师法宋徽宗和让－雅克·奥杜本，用混搭效果复原恐龙的世界。原本希望能靠金永红的这本书，让我的新花鸟流初试牛刀，可甲方根本不做此想。

她对插画有个特殊要求，就是她自己能以女武神的造型入画。怕我不信，她说在练攀岩，然后抬起右臂，绷了一下二头肌。她说单凭这一点，以后也不打算混在一群似鸟恐龙中间，看着像个饲养火鸡的专业户。这时我问她那本书叫什么。

“《与化石有约》，怎么样？”

“还挺网红的。”

“能红就成。”

好吧，有才就是任性。我听罢一笑，未置可否。

接着话题转到我身上。金永红对我选择搞艺术的理由表示好奇，虽然这件事不需要理由。问题出在我的答案里，情怀含量实在太低，而且也没涉及市场前景，显得不够诚恳，比如这件事的起因，无非是我爹妈当初认为多掌握几样才艺，对将来的发展前途有好处。对此没有表示鄙视，已经证明了她的厚道。

很快，我们已经互换了不少个人信息，从家境到履历，喜欢的电影明星，还有宠物（她的，一只猫头鹰，到了夜间，两眼就会圆圆地追踪她的一举一动）和一次纪律处分（我的，借口是累计旷课超过规定上限）。

说到艺术专业，她又问我为什么没搞纯艺术，没好意思直说我弄的东西格调不够高，不是那种能在画廊、拍卖会上弄出头条消息的大东西，就像一个学昆曲的非要跑去说相声。老实说，从我考进这所烂学校开始，就知道这辈子在艺术圈已经没什么可混了。这个城市的文化版图，就没把我们纳入到它的幅员范围之内。也就是说，我的未来取决于食物链中，会有哪些别人遗漏的盲点。

不能成为猎杀者，就只好乖乖地食腐。弄明白自己的“下狗”身份，就不会做非分之想。比如说我从不把工作成果称之为作品，而是叫作产品。但我始终有一种非功利的冲动骨鲠在喉，就是总有故事要讲。我喜欢的东西要有叙事线，要有知识细节，不写意，不抽象，同时作为一个脱离了高级趣味的人，还在努力积累脏话词汇量。

但我很快发现，这些劳动人民传统智慧的结晶只能当作知识积累，一旦用起来准有麻烦，虽说世界上最强悍的叙事类型永远是底层人物逆袭。我这辈人从小看的，比如《兔子等着瞧》，比如《汤姆和杰瑞》，莫不如此。可惜说了半天，这些都是别人的故事。

作为一个北京佬，我对造型艺术的最初感受，来自颐和园长廊的装饰画。几百米的游廊，里里外外的梁栋表面画满了古代小说里的场景、人物，估计算得上全世界最长的连环画。更见功力匠心的，是每到一处歇脚的观景亭，里面都有大幅的彩画——虎牢关三英战吕布、美猴王斗法二郎神、八大锤大闹朱仙镇，等等。好勇斗狠，怪力乱神，不但夯实了我的趣味基础，甚至确立了我的价值观。我相信款式更酷的铠甲兵刃，代表了所属角色道义上的正义性质。

所以说，本人偏爱各种低俗的表达形式，不仅出于对时髦的逆向卖弄，尽管我不介意宣称这辈子从来就没读过一首诗，也不知道巴黎、佛罗伦萨长成啥样儿。所以一等考研完事儿，我就自费办了一份漫画双月刊，每到出刊的日子，就用自行车驮着印好的小册子，去周边各个校园推销。

此事纯属一时兴起，所以刊名都没仔细选核，就随便对付了一个，比较波普的那种调调，叫作《孔老二和可口可乐的孩子们》。真正要盒儿钱的是封面设计，一连试了十多个方案，就没一个合适的。最后还是在一家旧书摊，偶然看见一本藤子不二雄的小人书，发现他画的蓝胖子机器猫的身材，很有几分至圣先师那种“横向挑战”范儿，于是移植过来，加上青碧山水做背景，用在我的封面上。

当时我们系有个临时外教丹尼尔·华盛顿，非洲裔美国人，讲当代艺术，我们都叫他丹。这哥们儿授课没什么纲领，想到哪儿就说到哪儿，立场也是以批判为主。他讲过不少纽约圈子在资本控制下的种种腐败，对于只知道毕加索，最多听说过安迪·沃霍尔的北京同学，那些内容如同天书。也有同学知道杰夫·昆茨的各种八卦，对他说的内容同样不感兴趣。开课不到两星期，丹的教室里只剩下跑来找他练习美语会话的外语系学生，艺术系的早都跑没影了。

丹就算再天真，也明白怎么回事了，于是无比郁闷。一次我们在饭厅遇见，聊了一会天，说起我在筹办的漫画民刊，他来了兴致。当时他和我一样，平时没有什么地方可去，也没有什么人可见，于是一拍即合，决定入伙一起办刊。对于一个西方人，能在这个遥远古老的城市参与一项创意活动，也是一种蛮酷的生活经历。其实他刚来到系里，我就知道他喜欢漫画，特别是“空中海盗”那路恶搞的。当初他自报家门说“我叫丹，丹·奥内尔的丹。”这个暗号我懂。

印制装订这些事，丹基本帮不上忙。他对杂志的最大贡献是发行，特别是在外国人圈子。这些人最大的长处是付款比较踊跃，一方面是商业社会养成的习惯，同时也以支持文化事业为荣。我的一组小品很受他们欢迎，还有不止一个人翻译转发。那个故事讲一个年轻人，是一艘战略导弹潜艇上的水兵，特殊听力能让他通过水声装置，和全球各地的水下动物对话。

他能分辨不同水域的鲸的口音和词汇的变化，甚至识别一些海豚个体，和它们建立私交。陆地生活对他来说极端乏味，除了某次潜艇访问一座港口，他在岸上爱上一个匆匆交会而过的女人。他把情诗写成计算机语言，输入火控系统中。故事最后是战争，那座他曾访问的港城也是潜艇设定的攻击对象。射出的弹头重入大气，突防抵达目标上空后，燃爆成无害的节日焰火。

我们很快开始盈利，不但有了出去喝啤酒的基金，积累的款项甚至足够添置一辆电单车，用来驮载更多杂志。问题是我没有更多的杂志可以供应。这些印刷品靠我一个人手工制作，一千份是它的极限。虽然几方面的统计均显示，潜在的市场规模至少在三千份，甚至更多，但是人手短缺始终都是无法克服的瓶颈。作为反对资本主义雇佣劳动的“左”倾人士，我唯一可以号召的人力资源，是一些尚未打开销路的投稿人。他们才有更多的激情，通过体力劳动增加作品的权重。

“那你们现在还在出刊？”金永红问。

我摊手耸肩。

我们就读的二线学校，周围长期形成的气氛，就是扪心自问你的破嘴怎么还没给堵住。于是我为自办的《圣人与可乐》画了一联漫画：

1. 一只二哈和一京巴在一起聊天；

2. 二哈说看你小子长这么肥，肯定吃得比我好多了；

3. 长毛小不点儿听了这话就笑，说那是当然，可问题是他们不许我叫唤。

出刊没几天，学生会的主席就来找我谈话，指出我的一系列违规表现已经造成的后果，包括极为负面的国际影响。作为一个懂政治的同志，学生会代表绝口不谈政治，而是向我强调无照经营，贩售非法印刷品，偷漏所得，可能需要缴纳的罚款。总之我的唯一选择，就是出于个人健康原因，让小杂志偃旗息鼓，不得对外吐露原委。紧接着，系办公室拿出一份我本年度全部旷课，以及无故缺席各项社会活动的记录，并且公布了对我的处分决定。

一名潜在的杂志出版人就此宣告死亡。在他的骨灰上，一个半吊子画家浴火重生。现在，我可以改画恐龙，投身于古生物艺术了。不管那些史前怪物曾经如何生猛，可毕竟早已灭绝，和我们隔着几千万年地质史的安全区。

# 六

说笑之间，我们坐下的秋千渐渐加大摆幅，同时向后又同时向前，度量这个下午的消逝。一连几次，两人的腿在桌面下彼此轻擦而过。

我想起本科时坐在后面的一名女同学，总把椅子往前拉得很近，把脚伸到我的椅子下面，就像踩到我的内分泌油门上。有时候她的腿稍微一动，绷着长袜的膝盖刷地蹭过我的腰际，麻沙沙的声音一现即逝，只有皮肤能听到。薄薄一层丝袜，隔开我和快乐的距离，还有我和知识的距离。几个月后，我的这门课被勒令补考。

我们一直聊到日色向晚。那只小白猫不知从哪儿又跑了进来，跳上西面窗下的一把椅子，最后坐到窗台上。夕阳中一个毛茸茸的剪影，形成一次小小的日食。金永红看见它，再次起身跑过去“咪咪，咪咪”地叫，猫见了一惊，跳下窗台跑进后面的厨房。

晚饭时间了，陆续有客人进门入座，我们也叫来服务生点餐。金永红要了罗勒酱空心面，我在宿舍已经连吃了两天方便面，于是除了沙拉和四季饼，又多加了一份乱炖ratatouille。我们紧靠的那面窗外，餐厅的霓虹灯标在初降的黑暗中闪，一红一蓝，一红一蓝，金永红朝外一侧的脸上是一红一蓝的回声，就像寂静地跑过一群红蓝交错的时间的斑马。

就在我走神想象斑马的一瞬，金永红发现了别的动物。她朝我使了个眼色，手指指向我背后。我回过头去，看见灯影下一只老鼠正在厨房门口东张西望，像在人群中观察逃跑路线。

“像是被猫赶出来的。”她说，然后又指了一下我面前的炖菜，“这一定是它做的耶。”

“不会吧？”没想到她这年纪，居然知道《料理鼠王》这么古老的梗，我假做呕吐状。

“什么不会？一定会。”说着她把我的菜端到自己面前，“可姐不管这是谁做的。”

等我们携手走出店门，沿着湖边原路返校，前面游船码头聚满了人。早就过了租船时间，想必是出事了。我隐约看见几名警察操着竹竿、渔网和钩子。人群突然一下散开了。这时我才看见码头上躺着一个女人，身边淌得全是水，看样子已经死了。女人很年轻，头发很长。我一惊，想再仔细看，警察已开始封锁现场，驱赶围观群众。

接下去我们一路无话，直到进了校园，在主楼的草坪前迟疑了一阵，相互对望继续沉默。那天我们第一次做了人工呼吸，约定次日再见。行政大楼前，那座巨大的主席像伸臂做出指路的手势。因为男女生宿舍不在同一个方向，我们就在这里分手。

# 七

我开始细读金永红的书稿，琢磨着怎么才能把她塑造成超级英雄，给自己凿出无数脑洞，天灵盖差点儿成了漏勺。我重温了一遍印第安纳·琼斯，还有十九世纪的古生物学发展史，特别是马什和寇普在美国西部互相拆台的化石战争。

按照这样的思路，就要先设定一个对敌斗争的历史背景，否则英雄也就找不到用武之地。不久之前，我校学生会的主席在一次全校大会上，号召各科系全体同学重温父辈的历史，让自己的思想感情回到那个红色年代。当时接触到不少有价值的历史资料，有些讲到当时活跃着一股亡我之心不死的敌对势力，叫作社会帝国主义，非常适合扮演我构思中的反面角色。在故事中加入阴谋掠夺我国化石资源的苏修特务，还有他们秘密培养的汉奸，将极大增强原作的可读性。

几天之后，我把金永红“偷渡”到男生宿舍，和她讨论插画的细节问题。那是一个周六，室友们不是各回各家，就是奔赴娱乐场所，为我们留出了可用空间。既然故事是她的，自传性又很强，我也只好请她出任造型模特。本来还担心她抬杠，有的没的，总能找理由推脱，可她对我的想法就没提出过异议。下一步要做的，是她按照脚本设定做些表演，摆摆姿势。我对她事先预警：当模特可是要人盒儿钱的累活，不管坐姿还是立姿。

这件事对我一样，也是体力劳动。涂画过的速写纸一页页翻过，就像快进镜头中的台历。虽说都是记录性质，但我不想靠拍照来偷懒，即是展现专业态度和能力，也要保持整个过程的“高眉”格调。但有一点对我对她都是挑战——以她偏向日系动漫的天然造型，非要画出漫威式的气场，那就需要源于生活但又不囿于生活。

为了增加画面的力量感，金永红并不吝惜展示肌肉。坚持体能锻炼让她的腰部明显收窄，就像早期超音速飞机依据面积率定律设计的蜂腰构型。可进一步的身体暴露，却少不了一番劝诱，好像我对她心怀不轨似的。说不定我就是心怀不轨。我反复列举艺术史上的经典之作，终于让她理解到这一要求的正当性。一番唇舌之后，她手擎登山镐的半裸造型出现在我面前，就像卢浮宫里，德拉克洛瓦那幅高举战旗，指挥革命群众的 Mademoiselle Liberte。

那个姿势摆不了几分钟，就会肌肉“燃到爆”。我坐在小板凳上画这个姿势，也不轻松。之所以要选这个角度，就为了上仰视角能让她的形象高大起来。我们应该换个姿势，做些其他动作了。

那是我第一次近距离看见她不戴眼镜。

# 八

我们穿好衣服，已经是傍晚。房间里所有的亲密痕迹都被清理干净。永红重新戴好眼镜。窗外的光线略带轻愁，街景正一路黯淡下去，她两臂叠交在胸前，像是在拥抱自己。突然的沉默让我一阵不安，我更喜欢她多话。

“我真是你的唯一吗？”我伸手把她从背后拢住，贴到胸前时听见她问。

“你是我的第一。”

“所以还有 N，对不对？”她一个急转，挣出我的怀抱，然后一个栗凿直敲我顶门。

“N 也包含 1 在内的呀！”我负痛申辩。

“包含你妹呀！”

接下来的一记勾拳，我闪开没挨。

其实这些都是老实话。我原先一直排斥任何形式的身体接触，就连做体检都是一种刑罚。认识永红之前，我自认属于没有化合价的一路人，假如有朝一日非得和女生打破封建礼教，也会定制一只裹覆全身的超级安全套，把自己彻底隔离起来。所以说，眼前这些身心变化，完全是计划外发生的。

接下来的几天里，我们每隔几个小时就在校园约会一次，有时在游泳池，有时在图书馆。那是校园里仅有的两个凉快地方。我对人工泳池有些过敏。读初中那会儿每天到体校训练，练的就是游泳。每到比赛之前，教练都在热身训练上没完地嚷嚷："想不想喝别人洗脚水？不想就给我玩儿命游。"这种动员方式给我留下一片心理阴影，总觉着水里有什么不妥。所以我更爱去图书馆。何况手上要画的内容早超出了几笔写意，得查证各种动植物的细节。

作为一枚古生物学的门外汉，你的那点知识一旦落到纸上，马上不是想象中的那回事了。对我个人来说，分清蜥脚类的几个主要物种都不是一件容易的事。腕龙、圆顶龙还算好说——一个前肢长后肢短，一个长着大奔儿头，可辨析程度比较高——其他像梁龙、迷惑龙、马门溪龙，也就能记住一个大概齐，得不断地核对图片资料。

除了恐龙本身，中生代的植物群、昆虫、鱼类以及两栖动物，都要仔细查证。举例来说，侏罗纪蜻蜓的尺寸，跟一架小模型飞机差不多；开花被子植物出现时，剑龙科的华阳龙、兽脚类的永川龙早已灭绝。这些都是不能搞错的基本事实。

因为知识不断更新，我这代人经历过两种不同版本的恐龙叙事。先是迟缓、笨拙而冷血，侏罗纪的蜥脚类巨兽就是它们的代表。后来罗伯特·巴克发起“恐龙复兴”运动，这种形象才彻底奥特了。我们现在认识的恐龙，全身覆盖羽毛，恒温，敏捷，有复杂的社会协作，研究似鸟恐龙顿成显学。至于新学说描述的是不是话语构建的“后恐龙”，这不是我能判断的。

我只知道，凡是永红告诉我的，都是真理。

# 九

暑假，我们的活动范围转移到城里。

趁永红的父母外出避暑，我也做了一回她的偷渡对象。金家住在长安街北面的一处公寓。这座曾经代表身份的大楼已经显出破败，不少住户多年前就开始迁往新居。官员驻地的门禁制度虽未取消，但早就流于形式，除非来人存心找抽，逼着门房的师傅作威作福一下。

为了避嫌，我们从不出双入对，好在门卫也没要求我登记过。我们的室内活动也有分工，基本上就是她负责讲话，我负责烧饭。我发现自己在她面前永远都是请安启奏的口气。这不是个小变化。作为一个脾气猴儿急，好像永远憋着一泡尿的人，我也不断拷问过自己这靠谱吗，可持续吗，可还忍不住加倍陪着小心。

她家有不少上了年头的俄文书，客厅墙上还挂了幅列维坦风景的印刷品，显然是当纪念品供起来的。这个细节透露出这家人的政治情感和文化趣味。

我本人也在这一带土生生长的，后来全家迁到城外一处新区。早年我们家更靠东华门一带，前面就是紫禁城外边的筒子河，冬天溜冰，夏天打群架，是我这个年纪男生的成长必修课。差了几岁的永红这拨小孩就没赶上。因为户籍归属同一个街道管辖，我们先后进过同一所小学，就在王府井北面，那座三个圆顶的灰砖天主教堂。

在我升初中之前，老式法制教育还没淘汰。每到学期末，公安机关都会挑选几个坏分子，押到校园里公开批斗。这种教育活动规模盛大，所以只能安排在露天。我们校园的教堂门前有一片开阔的操场，正好可以派上这个用场。在我六年级那年冬天，被拉过来示众的，是个非常漂亮的女流氓，据说很多小流氓为她茬架械斗，还闹出过人命。

那天陪她挨斗的是个男流氓，和我住在同一条街，不知因为家里排行还是别的什么缘故，好多熟人都管叫他“三儿逼”。这是一个知识型的犯罪分子。按照当地派出所介绍的情况，这个人喜欢改写早年社会上流传的手抄本性爱小说，并在情节里大量借鉴《滨河街公寓》《钢铁是怎样炼成的》里面的心理和景物描写，提升那些无名作品的精神品格，以至于胡同里的流氓约炮，居然有了月上涅瓦河两岸树梢头，人约莫斯科郊外黄昏后的文艺情调。

他就是为这事被抓的。那天上台发言的人，除了公安方面，还有一个教过他的语文老师。据他介绍，三儿逼从小沉迷于格调不健康的流行歌曲，不但爱听，而且爱唱；不但自己唱，还不时约上一些思想作风不正派的女生，跑到娱乐场所一起唱。那个老师表示特别懊悔，没能尽到一个教育工作者的职责，就因为这个学生爱好文学，对他比较偏爱，放松了对他的思想品质教育。

鉴于这位写作者很快要和我的生活发生交集，且待稍后分解。

也许是他的文学气场沾染到身边的女流氓身上，把那个小姐姐笼罩在一片非凡的光晕中，就像一个来自伟大杰作中的主要人物。整个批斗大会上，我始终沉浸在崇高的自我感动中。最后这种感情酝酿出一个小高潮。我借口内急，向班主任老师请了假，假意跑到厕所方向，然后穿过一条夹道，摸到教堂后墙，再从一道没有上锁的侧门溜进耳堂。

我沿着窄陡的楼梯，一路向上攀爬，就像《巴黎圣母院》里，那个草具人形的钟楼驼侠，然后在破损多处的玫瑰窗后，观察一眼下面操场上的人群，再继续上到顶层。我要用石块，把那些警察砸得抱头鼠窜，再用卫生球画一个大圈子，把所有人都圈在里面。他们伸出触角试试探探，但立刻就被樟脑的气味逼回圈内，一个也逃不掉，然后……

然后就没有然后了。

我没能救出我的吉卜赛姑娘。教堂塔楼里没有能用作武器的东西，滚木石块什么都没有。就算有，我也不敢真往下面砸。这时批斗已经结束，两名人犯就要重新送回关押地点。好在班主任没有为难我的意思，没逼着我交代这半天的去向，事情总算被糊弄过去。那天我第一次尝到发自骨髓深处的失败感。

假期空闲一多，平时不会有的想法也都趁机冒出头来。我和永红开始琢磨一旦版税到手，应该怎么花掉。也许待在北京太久，双方在选择出游这一点上，直接达成一致意见。首选目的地自然是彼此全都想去，但又都从没去过的，像美洲南端的帕塔哥尼亚草原，还有接近赤道的加拉帕戈斯群岛，这些达尔文随“猎犬号”勘测船到过的地方，都是又远又贵，除非我们的书真畅销了，还得特别畅销。

阿根廷那边是永红那个专业的新麦加，就像辽宁西部。现今已知最大的蜥脚类恐龙化石，银龙、巨龙还有无畏舰龙，都是在那里发现的。中生代的时候，那里还是贡德瓦纳大陆的一部分。侏罗纪结束之后，蜥脚类在北方的劳拉西亚大陆灭绝，而它们的众多表亲，则在南方古大陆上继续繁衍，历史贯穿整个白垩纪，直到六千六百万年前的灾星落地。

次优方案开始出现分歧。永红率先在纸上写下圣彼得堡，因为那是她父母读过书的地方。我想了一下，随即勾了红叉。我感觉那里老有一种假欧洲的调调，就像唐人街都是假中国。我讨厌所有的唐人街。同时她也否决掉了我提出的里斯本，说讨厌当地叫作 fado 的民歌，不是命运就是爱情、悲伤什么的。我们的出行路线很快回缩至亚洲境内。我提议要不干脆去泰国，她当即藐视我了一眼："你还嫌不够热？"

最后我们去的是延庆县，当地的硅化木地质公园里，可以看到不止一种恐龙的足迹化石。路上永红告诉我，古脊椎动物这个领域，骨骼化石不断还有新发现，可证明来证明去，还是一些早就不再新鲜的理论，反倒是足迹之类还有做文章的余地。它们记录的不是动物，而是动物的行为。

"大家伙留下的脚印更深，对不对？"

说这话的时候，我们坐在一块山石上，看层层密林将我们席卷。我们缩小成一对双胞胎，孕育在森林绿色的子宫里，安全而温暖。前面不远处深陷着几个大步迈开的足迹化石。我问永红有没有见过左右并排的兽族类脚印。她转过头，一脸茫然地看着我。

"就是问一句，有没有恐龙像雀形目的鸟一样，两只脚并在一起往前跳？"

# 十

接下去的几天，我回到自家住处，接着画永红新书的配图。不能总泡在她家里。

我也有自己的事情要规划——距离毕业离校还有一年，我至今没想清楚自己以后的去向。我不打算留校教书，虽然这是父母的希望。好在这些年他们都在国外，不会一而再再而三地晓以利害。我想自己设计职业出路，为出版业提供造型设计服务，倒不失为一种可能。永红也有差不多的看法，算是所见略同吧。

那些天除了做事，我也想过和她一起的将来。那些想法肯定不算太靠谱。原因其实简单，就是有一件事当时没弄明白——我不知道自己想要的究竟是她，还是和她共有的一份生活。这是很不一样的两个问题。同样的问题,估计她也想过吧。

没过几天就又接到她的电话，约我参加一个聚会。召集这次活动的东家正是她的出版商，除了招待签约作者，更有文化圈的各色人物，颇有点三教九流的意思。对永红那本恐龙读物，我总算做过些许贡献，加上邀请范围本来就很大，临时把我约过来，也算不上有多唐突。当然还有其他因素。这些我是随后才看出来的。

聚会地点就在我和永红去过的那家餐厅，大概是受邀者大多住在附近，或是在那一带工作。我们进门的时候，里面已经聚了不少年轻人。助兴演出也已经开始，一个起名“飞翔壁虎”的乐队正在试献新歌，几个长发男孩配着鼓声，手上的吉他、贝斯，朝人群扫射出一串串愤怒的音符。他们让我想起热带丛林里的吼猴，我眼前猛地一花。靠近厨房的一角，毛茸茸的一团暗白莹莹闪过，像是随乐声左右扭摆，随即消失在暗中。我想起那就是我们上次见过的猫。

永红一直咳嗽。不少人接二连三地抽烟，能见度很差，有个眼镜男一边给周边的人敬烟，一边没完没了地说香火不能断。这样一个气氛下，根本不会有谁注意到我。就算永红再多带来两人，也不会有任何问题。

睽睽众目的焦点，是一个新被签约写书的电视剧明星。当时他主演的一部古装谍战长剧，红遍华语市场。那部剧集我自己也追过，很有意思。明星一出现，在场的姑娘们尖啸潮涌过去，差点把他逼退，除了永红。不知道她究竟是为了陪我，还是对娱乐界人物不感兴趣，或者出于对竞争者的排斥感。

一个小女孩率先冲线，抓住明星，拉开自己上衣，亮出胸罩，或者说是胸箍："亲爱的，给签个名呗。"

居然还戴这种老派的东西，可戴就好好戴吧，干吗非选这种似有若无的非功能款？

"方寸大小的地方，一笔还没写完，就出格了。"明星说。

"就是要出格才好玩嘛。"

"出格的部分，一洗澡就没了。那可是我的墨宝。"

见他如此应对粉丝，我相信书是他本人写的。可永红说不是。她知道那本书是由谁捉刀。接着看见一个也很年轻的女孩，淡妆轻描，劲装短打的造型，追随在明星前后左右，却始终保持一段间距，观感相当职业。服务员经过的时候，她从托盘拿过一杯调制饮料，轻吮一下吸管。杯中的悬浮液显影出一缕一缕的黑白斑马纹。

我老远就注意她左臂上的一点红肿，像是蚊虫叮咬的痕迹，心里隐约冒出帮她抓挠的冲动。可没等这个念头成形，我自己胳膊上已经被痛痛地拧了一下。永红的下巴朝那个女孩微微一抬。我点头会意，知道那就是帮明星代笔的"鬼"。接着她告诉我，那人是一家大杂志社的记者，业余时间为不止一个时尚人士做文学助理。

没等我继续深问，现场音乐突然中断，一个穿白套装的眼镜男出现在聚光灯下。我一看，这不是三儿逼吗？多年不见，他明显发了福，也许是吃得太好，剪裁入时的上装有些捉襟见肘。他走到众人面前，一手挥舞，一手持麦，先四下环顾，再轻咳一声，表示讲话开始。但不知音响出了什么问题，居然把他清嗓子的声音无限放大，刚进门的人怕是以为他在用口技模仿打枪。

他的讲演不出所料，首先感谢了一些人，接着表扬了一些人，遣词造句很有主持人的腔调。他也没有忘记勉励一些人，比如新近募至旗下的科普作者金永红同学，接下来是自我剖白，从成长的烦恼、文化的情怀、创业的艰辛，再到发展规划，除了早年的刑事记录按下不表。每当说到动情之处，他的平光眼镜片顿时闪射出光芒。

“他讲得真是好精辟，好有内涵，好有底蕴！”有个长了表演系脸的姑娘在不远处评议。

三儿逼的讲话成了聚会的转折点。掌声之后，摇滚乐换成抒情歌曲，灯光也再度被调暗。一支十几人的乐队开始演奏。那名指挥舞动双臂，好像汽车风挡上一对年久失修的雨刷。独奏小提琴的中年人秃顶并蓄了长发，脑后拖了一幅宫廷款裙摆的感觉，左手在指板上揉着弦，像半只喝醉酒的螃蟹上上下下地跑。

谁出钱谁说了算，毕竟是卡拉 OK 时代过来的人。

让我没想到的是，经过文化圈多年陶冶的三儿逼，抒发感情的方式早已从邓丽君、王菲，复古到了歌剧咏叹调。保留曲目自然少不了劝酒用的 *Brindisi*，然后他拉住一个姑娘的手，唱起 *Che gelidamanina*，还一再解释这一曲叫作《冰凉的小手》，选自谁谁谁的哪部歌剧，用他自认为美声的假嗓子发音，给老普契尼笔下的悲情场面平添不少喜感。

一番热身，三儿逼的自创意大利语更加字正腔圆，人也愈发意犹未尽。他的新一轮号召，是要周围几个姑娘和他二重互动，应答对唱。这种要求有点儿不讲理，又不是所有人都想当意粉儿。一众粉黛木立当场，最后还是永红略一坏笑，唱了一段《吉安尼·斯基齐》里的 *O mio babbino caro*：

啊，我亲爱的老爸
我好爱那个帅哥
我想去红门
去买一只婚戒
要是您非不让我去
那我就会跑到老桥上
从那儿往阿尔诺河里跳

这歌早就听过无数遍，可从她嘴里唱出来，我不知道该受宠若惊，还是怀疑她另有所爱。那是我第一次听她唱歌，虽说免不了傻傻的少先队腔调，可起码没有跑调，也没把咏叹调唱出二人转的味儿来，只是唱到一半，她就忘词了。

晚会继续进行，直到一曲《一路平安》代跋，感觉像吃完散伙饭。这种口味很暴露年纪，而他那个年纪的人，奋斗历程都有点儿像股市。从三儿逼的讲话可以听出，他通过非正式渠道销售图书，挖到第一桶金。这应该是他刑满出狱后的事了。随着发言权的扩大，他开始染指内容生产。这个当年的爱情小说迷，估计早已不屑于动手写作，而是有人操刀代劳，甚至晋升为别人书写表现的对象。作为一个拙于文字的人，我估摸写作大致可以分三等：第一等自己写别人，第二等自己写自己，第三等别人写自己。写出很牛的书，不如被写进很牛的书。

一般人上了文艺的当，大多急于自我表达，结果走上内容生产的穷途末路。道理也简单，我们往往把记忆的配额更多保留给乙方——那些雄视百代的名字，还有他们的产品。毕竟再牛的甲方也是易衰速朽的宿主，自私的内容基因却能遗传久远。问题是我们作为个人，却不一定活得过平台。所以三儿逼这种人决定了我们的前途，只要他不出太大意外。

# 十一

可三儿逼居然就破产了，还被再次收监，成了二进宫的惯犯。公开说法是偷税漏税。

那天原本说好，我一早先去永红家，陪她一起回学校，把两本借了很久的书还给图书馆，然后去动物园对面，看看古脊椎动物和古人类研究所的恐龙化石收藏，就离我们校园不远。就在出门之前，永红不知从哪儿来的心灵感应，给新书编辑打了个电话，说了没有几句，她的脸色就变了。

整件事的详情不得而知，现在最要紧的是尽可能避免损失。永红或许还能另找一位书商，可即便他人同意接手，我的配图也不一定能用。单就这个案子看，我和她的利益之间有了不小的距离。地位的脆弱，造成我一连串进退失据的表现。被我催问几次事情的进展之后，永红烦了，反问我怎么老惦记着坐享其成，就不能自己尝试去联系出版。

她的说法好有道理，不但精辟，而且英明，让我如遭电击。可还没来得及道歉然后道谢，她接着劈头盖脸，又给我看了不知道多少种颜色。

“姐到底看上你什么了？你身上哪一横，哪一撇？还有你这副衰相……”

“我不就是混得不太好吗？”

“混得不太好？那是人民内部矛盾。你这种搒瑟纯属于敌我矛盾性质，句号。”

“你怎么会知道这些词？”

“你以为谁都像你一样政治不及格？告诉你吧，姐上学期党史考 96 分。”

我本想争辩几句，可随即打消念头。她属于世界的另一个扇区，我没有进入那边的钥匙。那天又是在她家里。

我想抽烟，可又不想对她坦白这点小恶习，而且觉着一旦出了那道门，就再也进不来了。其实永红并没有说要我滚蛋，我们只是不说话，互相僵着，假装在做别的事。她坐到电视跟前，假装在追一部讲几个小年轻在巴黎谈恋爱的韩剧，还接过两次电话。我忍着烟瘾，从书架上取下一本根本看不懂的法医昆虫学，拿到饭厅里假装看。宋慈《洗冤集录》载“镰刀血腥聚蝇”，据说该学科就滥觞于此。剩下的都是小说、推理剧。

我们就这么僵着，直到窗外的光线忧伤地暗了下来。我正在记忆库里搜寻一段应景的音乐，比较抒情的那种，突然头上像是被鸟啄了一下。一枚纸飞镖命中我头顶之后落在餐桌上。我拾起来，展开一看，上面拿铅笔写了一句："老实给姐洗菜去！"

谨遵懿旨。

我在厨房里忙着，客厅那边每过一会儿，电视里就有一个年轻女声"Jeff，Jeff"地喊，觉得一阵添堵。也不至于用这种都市言情剧屠宰时间吧？我溜过去偷看一眼，原来是个古装武侠剧，里面一个女魔头爱上了自己姐夫，不是Jeff——我想多了。

到底是在她家，晚饭后进进出出，多少有些不便。永红推窗换气，我们相拥搂靠在窗边。那是个难得的好天，夜凉透进室内，楼下的胡同里，除了一个烧烤摊，并无多少市声人迹。我们没话找话，从准备联系的出版社，到下个学年要做的事情。视线越过一片纵横的街巷，就是王府井路口的一丛新楼，我们小学母校的天主教堂凸显在蓝夜中。

我想起当年那次批斗大会，然后告诉她三儿逼少年时代的文学历险，至于女流氓那部分，自然略去不表。也是在教堂前的石砌高台阶上，我被老师和组织批准，成为一个少先队员，第一次戴上红领巾，宣誓永做共产主义事业接班人。

那天回家后，我在院子里看到一只常跟我玩的花猫，就把崭新的红领巾戴在它的脖子上，让它分享我的幸福。可惜猫朋友的政治觉悟亟待提高，被醒目的红色一惊，三窜两跳上房。等它再次现身时已经到了深夜，跑到我家取暖的煤炉边睡觉。它裸着脖子，领巾早被它当成累赘，丢到不知什么地方了。

我悲愤地朝它大吼，可除了把猫再次吓跑，根本无济于事。爹妈也知道我惹出大麻烦了。那一夜，他们翻箱倒柜，找出一件红衣服，鲜红的颜色，我妈连剪带缝，加工成红旗一角的形状，让我第二天在学校蒙混过关。

# 十二

常有一些不经意的时刻，记忆会重访那一片老城区。你也可以想象一下，自己躺进诊所，在催眠师的诊榻上，全身上下只有眼球盯着她手里的怀表，一左一右地摆动。然后是黑暗。太阳隆隆远去，你从蹲踞了一整天的位置悄然起立，像一个苦脸怪兽走出教堂塔楼，纵身投入一片虚空，好像整个天空被你展开的翅膀遮黑。

你在这座城市的上空巡弋，风筝般的指骨撑起两片坚韧的皮膜，好像达·芬奇的扑翼机。下面的大街人潮汹涌，一阵阵声浪起伏升腾，四周的空气在振动，干扰着你的听觉。你侧身一个半滚，再转向，沿着一队挥舞着旗帜的人群，飞到一座宏大的广场上空。空地中央直立着一座耸起的石头。光线不足的时候，你会用听觉协助导航。

你降低高度，舌头抵在两枚门齿之间，忽左忽右发出阵阵尖啸。声波如一条甩出的渔线，奋力摆向前方。你像蝙蝠一样，用耳朵搜集各个方向的回声信号，盘旋，定位，最后飞进一条僻静的胡同。你不止一次来过这里，记得窄巷尽头有个门坊突起的院子。几只飞蛾穿过你的听力范围，拖着曳光弹一般的短暂亮痕。你被聚集的飞虫引向光源。路灯下，几个男孩追跑打闹，你从他们头顶俯冲掠过。

“燕麻虎！”一个男孩尖叫，接着一枚弹丸从你左翼下错过。你奋力拉起，又兜回原处。

“那不叫燕麻虎，应该叫蝙蝠。”你听见一个穿短袖海魂衫的男孩一本正经地纠正。

“你懂什么呀？”被纠正的小孩愤愤不平。

“这儿有你说话的份儿吗？”另一个孩子过来附和，在穿海魂衫的男孩胸前推了一把。

海魂衫男孩突然还手，一拳打在对方脸上。血从他鼻子里流了出来。一场混战就此展开。海魂衫男孩被压在地上。“服不服？不服打死丫的。”

你重新飞上高空。星星近了，一颗一颗清脆地钉在夜的天花板上。你在紊流中鼓翼冲刺，结队飞舞的昆虫四散躲避，为你让出宽阔的航道。一段模糊的影像让你烦躁。你在渐凉的空气中深吸，直到体腔膨大到阻力骤增，然后猛力呼出，身体像漏风的气球在半空中急退，直到又飞几圈，刚才发出的尖啸从月面折返。你撑起巨大的耳朵，搜集到一片环形山的回声投影。

你记起那个穿海魂衫的男孩，记起他爬到你藏身的教堂塔楼，像一只热铁皮屋顶上的猫，前后左右地转圈，好像在找什么。教堂下面的空场聚满了人群。一架直升机从旁经过，旋翼卷起一股气旋。你险些失速坠落，但很快清醒过来，调整姿态，上升高度，朝那个臃肿的金属家伙嘶声叫喊，用尖厉的超声波向它抗议。

通往广场的大街，一排排旗帜在风中飘卷起伏。一列重型卡车沿街驶过，车身边绸带舞动，模仿舰船披风破浪。路边灯柱上的扬声器在播放进行曲。你向北飞过一座城楼，然后是一座座阴森巨大的宫殿，倾斜的屋顶像一本本打开倒扣的书，沿着围墙，柏树瘦硬的枝叶向上卷曲成一簇簇火焰状。你飞进一片重檐的阴影，把广场上的喧嚣声留在身后。

再往前是巨大的花园。那里清香浮动，裙带飘逸的女鬼环佩叮当，出没于亭台假山之间，她们身后是缩头袖手的太监。这一带是你巡行的空域。你像一个飞翔的吸血鬼，完成每晚例行的空中散步。

你又转回海魂衫男孩的院子，听到一阵低弱的琴声，像用了弱音器。你的耳朵左右转动，搜集所有的音响信号。这是一个耳熟的声音，波形在你的听觉记忆中储存过，声源此刻就不远处。然后你把扫描区域限定在更小范围。

一阵饥慌感从肠胃涌上喉头。你要吸血。把口器插入人类皮肤的欲望，折磨得你要发疯。你曾经一次次犹豫，一次次错过机会。你携带的古老病原体，能让被感染者看见不该看见的东西，言行癫狂，终生不愈。只有当他把自己的狂想成功地传染给别人，才能减轻病痛。现在被折磨的是你，直到倦意随血液传遍你扇动了一夜的翅膀。你听到黎明金色的脚步，正隆隆迈向这座城市。另一些生灵的时辰到了。你掉转方向，飞回每天栖身的地方。

你收拢翅膀，从塔楼中的一道检修通道口钻进教堂，沿着楼梯，蹒跚走到从前的藏书室。你撩过天花板下朽垂的陈年蛛网，借着室内最后的黑暗，搜寻高木架上的一本书。那是一本你没看过的书，书名也早已经忘了，只记得是个古怪的人名。有一年教堂查封关闭之后，你发现这里一些藏书中的人物——因为没人管了吧——开始四下活动。

这一群想象力的鬼魂，开始不过是搞几次烛光聚会，行动仅仅限于言谈，即便偶有争议，也不过彼此含沙射影一番。叛乱却就此酝酿，那些虚构人物开始逾越原著设定的价值界限。交往增多带来阴谋与爱情的戏码。你已经目击过数起奸情和一次决斗，虽然大规模的政变、战争还停留在策划阶段。

真正的灾难随之而来，不幸就落在了你的头上。几天后，又一个黎明之前，你巡夜归来，收起翅膀，穿过走廊，拾起一块丢弃在角落里的白色幕布，随手披在肩上。那天夜里你从空中经过一个体育场，里面正在放映露天电影。银幕上一个军人背后飘着白披风，在雪山中滑雪穿行的场景，一直在你眼前反复重放。你想象自己在一片雪景中唰唰地飘过，接着就记起了教堂里那块白布。

你回到教堂，上下飘越穿行，肩上的披布好像翅膀。四下里的黑暗幻化成为积雪的密林。你忽而跑动，忽而腾空，直到地上的一本旧书被你踢到，磨损的皮面一下翻开，惊醒了囚困在纸页之间的吸血鬼。你没看到背后追踪飞行的那道黑影，直到后颈一阵刺痛。

吸血鬼错把你当成人类，当成了猎物，也把积存几个世纪的狂想病原体，注入你的血脉。没过多久，这种神秘的疼痛接力便轮到了我。当时正好赶上一个国庆节的晚上。那一年我还在上幼儿园。

那天爹妈把我抱到屋顶看放焰火。我被壮丽的场面吓坏了。一簇簇彩色光树冲天而起，伴着隆隆的炮声。我想逃，但连挣扎都不敢。“不怕，不怕。”我妈把我背在肩上，后面跟着我爸，沿着前后院之间那道月亮门墙头，从东厢房跑到西厢房，我们像在天上飞。我坚信，他们一定是马戏团的骑术师，带我骑上展翅的飞马；而我妈同时也在芭蕾剧团领舞，力量强大到可以托举男角，否则，怎么可能带着我在屋檐之间飞舞？

焰火的星烬落叶一般静静飘降，几乎落在身上，把我灼伤。周围所有屋顶上都站满了人，街上的小孩朝远处跑去，追逐伴随花炮降落的棉纸降落伞。这一幕，是我早年记忆正式开场前的序奏——漫天光焰在我内心留下繁星般的烙印，向我昭示辉煌和恐惧本属一体两面。一阵疾风掠过脑后，我隐约听到扑翼的节奏，然后是一阵刺痛。

头顶的星夜开始旋转。我坐在旋转木马上，随着一队彩绘的动物盘旋上升。它们是斑马、独角兽、长颈鹿，还有大象和竖起大嘴的河马。我们在绝对零度中破空行进，呼出的热气凝结成星云；动物们排出的粪球落回地面，在大气中擦燃，形成阵阵流星雨，直到我们力竭止步，在黑暗深处驻扎，成为一个全新的星座。

# 十三

陪永红返校还书那天，我们又跑到校园边那家餐厅，打算吃过中饭就按原计划去博物馆。走到那里一看，门已经上了锁。隔窗往里面一看，所有物件都已经搬空。这才几天？周围已经一片荒芜，从甬路到草地，到处是丢弃的废物，有快餐盒，有汽水易拉罐，还有用过的避孕套。还是暑热的天气，秋意却像提前到了。

那天我们都没怎么说话。从古脊椎动物古人类研究所博物馆出来，没走多远就是天文馆。很小的时候，我爸带我进去看过一次演示天体运行的电影。一台看着像巨型哑铃的放映机，把日月星辰投射到圆厅穹顶上。进场前路过门厅，一个大铜球从天花板垂吊下来，在一个下沉式的圆池里往复摆动，每次朝我飘悠过来，沉甸甸的，都会吓得我往后直躲。

我爸说那是傅科摆，用来证明地球自转。

很多年后，学校的哲学课上开始宣讲一个叫作规律的概念，一再反复地讲。每到这时候，我能想到的实体例证就是那个装置；恒定的线路，恒定的节奏，像是在昭告我命定的劫数，就是一切尚未开始便已告终，就连一点悲情都不给。没有响屁，只有蔫屁。

那天离开博物馆，我突然觉着累，先送永红上了去城里的电车，然后就近回到学校宿舍。第二天她来电话告诉我，那间餐厅就是她的出版人开的，现在老板出事，所以跟着倒闭了。三儿逼破产的后果超出了我们预料。这个多头发展的人属于狡兔三窟，不把全部鸡蛋放在同一个篮子里的那种人。可现在所有篮子还是全都打翻了。

永红说她马上要去海边一处度假村，和她的父母会合。那是她整个假期最远的一次外出。听到这个消息，我萌生出一种莫名其妙的被弃感，好像其中暗藏着不祥的征兆。她离京那晚，我做梦看见她嘴里吮着一支冒烟的口红，站在我的门口做鬼脸。我猛冲过去，把她连人带门框一把拽下，挂在了床头上。

接下来是无所事事的几天。我的漫画小杂志早该出刊了，可合伙人丹暑假回旧金山办事，我自己也没有什么新的想法。

我又给自己报了一个暑期法语班，可没能坚持几天就放下了。那些天别说外语，就连武侠小说都看不进去。第二天晚饭后，我再也耐不住寂寞，于是打定主意，去城里热闹的地方喝一杯。至少我可以单独躲进黑暗。

我在校门赶上一辆去市中心的公交车。也许感到了什么不对，车上的人都和我保持距离。卖票的女孩看了我一眼，然后把脸一转，很不好意思的那种样子，狠狠扬了一下眉毛，用力眨眨眼睛，重新若无其事起来。我浑浑噩噩看着车窗外，沿街的灯火一路朝我眼中蜂拥。公交车斜靠进站，我挤开众人，窜出刚刚打开的车门。

这是我记事后认识的第一条街，无数次南北折返，用自己的步幅为时间的行进确定节奏，让我在此拥有想象的主权，检阅途经的车流、看人群从别处来，到别处去。每到暮色四合，沿街燃起路灯，槐树下的人行道光影迷离，幻化成展示衣香鬓影的绵延舞台。和我一样的游手好闲之徒鬼影般纷纷出更，流连在豪华的橱窗前。那道冷漠而坦率的玻璃向他们揭示欲望的同时，又把他们绝缘在安全距离外。

由此转进一条巷道，向前不远，就是永红家的公寓楼，燃灯的窗阵，如一天华美的倦星。不过几天之前，我们还栖身在那一片暖辉当中。现在，楼虽未空，人却已杳。

好像又是逃学打架，单恋姑娘的年纪。我逃学跑到一个很远的地方。那是一座古老的庄园，依稀记得曾在电影里看到过,化妆晚会正在进行。主人家的小姐仪态万方,绝世出尘。等我满怀单相思再访故地，庄园早已荒芜，仅剩废墟。这个不安的病灶，就暗藏在我内心的壁橱里。

初中最后一个寒假，我借宿在上海的一个亲戚家。当时虽已入冬，窗外那片公共花园里，竟仍绽放着几树夹竹桃。暂时栖身的木屋在华山路，租界时代的遗物。进门后是楼上楼下，两家分住的格局。楼上偶尔传出钢琴声，浅易的车尔尼练习曲，老旧失调的音色，总让我想起踏过悬铃木枯叶的碎裂声。

一天下午，我在门厅看见木楼梯上滚下来偌大一个毛线团，随后一只长毛小猫追了下来，和线团滚到一起。接着楼梯口飘出一个女孩的影子，比我要大两三岁的样子，白衣，清瘦，神情冷漠。当时我留着乡下人的盖儿头，木立当场，用北京小孩儿的话说就是，土得耳朵眼里能蹦出俩蛐蛐来。那可是在上海呀!

很多年里，那个幻影挥之不去，就像《远大前程》里详述过的那种青春期的慌乱和自卑。你面对一个处处都要比自己优越很多的女孩,就像平生第一次置身于豪华百货店的橱窗前。现在那个幻影化身成永红，再次降临到我的生活中。

我就近找了一家可以坐下喝酒的地方。

## 十四

本以为喝完酒能睡得好些，可一回到宿舍楼，再爬到五层，基本就醒透了。

室友倒是没有一个回来住，屋里的闷热却没减少分毫。四壁当中一面向南，一面向西，每一块饱吸阳光的砖入夜之后，都像电池一样释放储蓄了一整天的热量。体内的酒精很快随着汗液流失殆尽，加上两次跑到楼道对面冲澡，又把睡意冲淡不少。

我躺回自己的铺位，一面胡思乱想，盼着脑子尽快把电耗光。永红那边应该看到日出了。港湾里的鸥鸟在桅杆的丛林之间穿梭，游船码头前已经有人排队等候。她走过栈桥，在暗弱的光线中添上一笔亮色，胸前还是那个西庇阿爪龙的化石图案。沙滩上的晨风扬起她的短发，又一路吹进我的宿舍。窗外的建筑工地开工了，一个红肿的黎明被起重机缓缓吊起。

永红，永红，永红，永红，永红……

睡醒已经过了食堂的午饭时间。我想都没想，直奔隔壁公园，就像两脚预设过自动驾驶，直到贴着封条的餐厅门口，才发现隔夜的宿醉并没有醒透。

午后的溽热拥堵在公园的每个角落。我又看了一眼周围的荒败景象，准备沿湖步行一段，再从湖面蜂腰处的仿古亭桥折回原路。远远望去，还能看见岸边不少人架起长枪短炮，在拍水面初绽的荷花。然后我就听见一阵猫叫，听着很惨。

在北京，公园早就成了弃猫的避难地，平日不少闲来无事的好心人跑来送食，呵护备至，不该听到这种控诉凌虐似的哭嚎。我觉得事情不对，于是私下探寻声源的位置。一定不会很远，而且没有经过墙壁之类阻挡。我循声去找，果然是在石子路边的篱笆后面——小家伙正围着一个早被挖空的午餐肉罐头打转，一面嘶声哀叫。

我迈腿跳过障碍，仔细再看，果然又是老相识。半个月没见，它已经脏得没法抱了。

本人对这种事见怪不怪，无须任何解释，也能猜出到底怎么回事。无非就是餐厅倒闭，员工遣散，原本养了吓唬老鼠的小猫，作为附近院校师生的公共宠物，只好任其自谋生路。它不是家猫，只是“堂猫”。

我摸摸它的脑门儿，跟它说乖乖待在原地等着，我就去买吃的。不管进没进过主人家门，总算是养过的猫，不会听不懂几句简单的人话。可没想到的是，它看着我，居然点了点头。

“叔叔，您快点儿回来呀，我饿！”

我吓得一机灵——特么啥情况？既然能说话，那就是成精了，难道法力还不够弄些吃的？我先顾不上研究分析这些，拔脚窜出篱笆，朝小卖部一路狂跑，就像老派评书里头形容的，膝盖撞前胸，脚后跟打屁股蛋子。公园里没有猫粮卖，我只好要了一袋牛肉干代替，付款前先确认没加过辣椒，然后掉头往回奔。

我撕开塑料包装，小东西闻到肉香，拿出和我拼命的架势，扑上来厮抢。我把肉丢过去，它伸出爪子接住，歪着脑袋，呜咽着大嚼起来。

吃完买给它的肉干，这猫开始舔着爪子抹脸。看样子是吃饱了，而且对这一餐还算满意。现在是我做完好事，一走了之的时候了。可这小东西不知道是无心还是有意，蹭到我脚边，用钩爪拉开了我的鞋带，趁我蹲下身，准备重新系好。它干脆趴到我脚面上，扬起脸看我。我知道这是不想让我走的意思。这让我很为难。假如面对的是人，不管大小，我总还可以留些钱，可问题是这是猫，身上连个钱包都没有。

“叔叔——”它嘟囔着嘴，翻起眼睛看我。

我实在没办法了，问它能不能保证听话，它想都没想就答应了。

好在还是假期。我抱着猫回到学校宿舍，先在水房给它洗了个澡。看得出来它很不情愿，但又不敢公然表示反对。至少眼下还不敢。

宿舍里没有吹风机一类的工具，我平日淋浴之后，头发都是风干。这是男生宿舍的风俗。我把猫裹在一条旧被单里，吸掉长毛上的水分。它在我怀里一副可怜相，原本蓬起的长毛湿湿地贴在小脸上，尖嘴猴腮的解剖结构全都暴露了。它两眼盯着我，喉咙里呼呼地响，好像蛮惬意。

干透之后的猫看着像一只小海豹，除了蓬黑的尾巴和头顶，全身通白，眼睛绿得像假的。按照过去猫谱上的说法，这样的毛色应该叫“雪里加鞭”。那是我第一次离得这么近看它。我忽然动了个念头，问它餐厅到底出了什么事。我也知道那不是一件简单的事，一只猫就算能说人类语言，也解释不清那些前因后果。我只当是问一个三岁孩子。

小家伙提到一个人。这个人被它叫作“老板”，还说是个坏人。我又问它老板为什么坏，它说因为戴帽子的同志把他抓走了，好几个同志，都戴同样的帽子。

“从你上班的地方抓走的？”

“嗯。”

“那后来呢？”

“阿姨就不要我了。”

它说的阿姨，是指餐厅的管事，各类杂务都归她负责打理。那都是古时候的事了。

# 十五

学校宿舍严禁饲养宠物，我只能把猫带回自己家。我找出双肩挎包，让它老实待在里面，然后找到放在楼下存车处的电动自行车。

经过一番折腾，天已经黑了。我的电单车穿过暮色，一路静静疾行。可到了晚高峰时段，街上车流都在烦躁中轰鸣，把猫吓得不轻。我能觉出背后的包里，时不时地发出一阵骚挠。想必那小子没受过种折腾，想要找空子逃跑。这么多天无家可归之后，我不知道这只成长中的半大猫，重新野化了多少。

我自己也是晕头转向。手忙脚乱了半天，加上一天没吃饭，再就是猫说人话这件事，我以前只在小说里看见过。不是童书、动画片那种奶声奶气的拟人叙述，而是货真价实的物种穿越。至少让你觉得，远古时候的巴别塔里是养猫的。

我去过一个地方叫班贝格，巴伐利亚的一个小城市。那地方从一开始给我的印象就很深。走出中央车站，站前广场上张挂的大幅告示上写着：Voll Verdienst, doch dichterisch, wohnt der Mensch auf dieser Erde——人生充满辛劳，然而人，诗意地栖居在大地上。当时荷尔德林这句诗在大学生中间，有名到了不知道原文都不好意思出去装的地步。当时我就觉得这座城市真是好牛，好有文化，直到有人告诉我，其实那是一个新建别墅区的售房广告。

毕竟本人斗大的德国字认识不到一麻袋，唯一会说的一句德语，就是“我不会说德语”。读本科那些年，画画的时兴留德，为了选修德语，还去见过主讲老师。老师在维也纳待过，非要考我奥地利那个词怎么读。可 Österreich 到了我嘴里，怎么听怎么像英语里的 ostrich，于是被狠狠鄙视了几眼，害得我从此对德语实行鸵鸟政策，去德国念书的事也就没了下文。

那天我在老城曲折穿行，从莱格尼兹河中半桥半榭的老市政厅，走到四座塔楼的主教堂，名胜景点按图索骥，一一打卡，然后就走到了霍夫曼剧院。霍夫曼的书我看过，一些芭蕾舞剧是从他的小说改编的。剧场外是他的铜像，肩上抱伏着一只猫。这只名叫穆尔的公猫是他一本小说的主角。当年作家住在这座小城，想象这只会读会写的猫响应康德的号召，勇敢地自我启蒙，偷读主人家的藏书，再去经历一番传奇历险。

几天后我从慕尼黑去纽约，出发前在机场买了一本《公猫穆尔的生平和见解》的英文版。飞行途中把书翻开，没读几页就飞高了，比飞行高度还高，每看不到一页，就会有个说法碰到我的痒痒肉。等我魂归原位，系好安全带，只希望美国海岸更远一点，让我一路先飞向月球。

现在回过头来，看着这只刚从公园里捡回来的小野猫，不停眨巴的眼睛里只看见温饱问题，丝毫没有遥远异国才会产生的苟且和情怀。猫比猫，简直气死人。

# 十六

家里突然添了一只猫，感觉就像养了个孩子，除了不用带他去上外语、钢琴一类的加强班。以我的物种沙文主义立场看，一只猫的最大才艺就是别添或者少添麻烦。

猫既然已经来了，琐碎杂事还是增加了不少。首先就是要买一大堆从前用不着的猫砂、猫粮之类的。好在原本要为永红的新书绘制插画的工作已经取消，要不剩下的一半暑假还真不会轻松。就算劫数难逃吧。总之，这个假期注定消停不了。新猫刚刚熟悉环境，顺利改正了随处便溺的旧习惯，我也准备享受几天家庭生活之乐。

我发现这小子到了我这儿，老喜欢跑到书房里面待着。开始我还以为这是一知识分子猫，后来观察了几次，才发现它感兴趣的是挂在墙上的一架老式模型飞机，一天到晚蹲在那儿，仰着脑袋看个没完。那是我上小学的时候自己组装的，当然是在我老爹的协助之下。这么多年过去，发动机早就坏了，对付着滑翔一段倒是还行。

我取下这件老玩具，用线绳做了两个套环，系在两翼主梁下面，再把棉纸蒙皮重新糊好。我把猫的胳膊套进绳圈，固定停当了，然后把飞机往前一丢。借助升力凌空蹈虚的一瞬间，小东西又乐又怕，兴奋得吱哇乱叫，一下子玩上了瘾。那天整个下午，一次又一次地沿着外屋对角线，飞过来飞过去。

刚刚开始觉得日子有点意思，系办公室的一份通知出现在邮箱里，要求我阅毕即时返校。这种事情很少发生，可一旦出现这种状况，自然会让我一阵忐忑。没有特殊原因，肯定谁也不会瞎折腾。管事的也是人，也得放假。我仔细回顾一遍近期的种种表现，简略做出一份功过评定，自觉没有人神共愤的劣迹。

稍觉心安后，我给猫多备了一些新鲜食水，然后下楼去取了电单车，上了返校的路。

十几天不见，校园看着空旷了很多。行政楼前寥寥无几的树木，在视场中一下突显出来。我绕过分属各个科系的跃进楼、东风楼、改革楼，一路骑到后院艺术系的红旗楼。这些红砖建筑物都是早年苏联专家设计的，每个细节都在不经意中辐射出那个时代的趣味和观念。在那些名校师生眼中，这里显得老旧而且寒酸，但又老得不够，没有老到足以供放几位镇得住场面的鬼魂。

系主任的办公室在二楼。室内开着冷气，可是门却没有关上。这是一种老派的机关作风。我在门上轻敲三下，听到里面传出一声“请进”。

系主任坐在室内的尽头。越过幅员广大的办公桌，不难看出这个人的头发最近刚染过。看不出来的是他的年岁，悉心保养的脸上既没有衰老，也没有青春的痕迹，四十到一百岁之间的任意一个中间值，都可能是正确答案。

“请坐，请坐，”他的声音远远飘来，好像不是来自这间屋子，“别老待在半空中。”

曾听说此人原本在外语系教美式口语，因为艺术系缺人才调过来。当时怀疑这个说法，听见他那句话我信了。既然让我坐下，应该是好兆头吧。

“你们宿舍楼里发生了刑事案件，你知道吗？”

嗯？

大概是看出我一脸懵逼，系主任准备继续观赏我的下一步反应，于是先把话头暂时停住。不难看出他很享受权利落差造成的信息不对称。到底出了什么事？我把入室抢劫各种可能，在脑子里全都过了一遍。想着想着，突然想明白一点——既然是罪案，找我的又不是警方，问题应该不会太严重，要不现在我已经进班房了。

“根据我们了解，”系主任又开口了，“进入暑期之后，你经常回学校住宿。”

“我常去图书馆查资料。”

“就这么简单？”那个人从桌上拿起半包中华烟，抽出一支点燃，“既然请你过来谈话，组织上自然掌握了必要的情况。还是抓紧机会，争取主动吧。”

这下明白了，他要问的事和永红有关。我感觉像被绑在旋转的木轮上，等着对面那个人，朝着我一把一把地甩飞刀。

“还是不肯讲实话？”他又端起茶杯喝了一口，下咽之前，高高耸起一侧的眉毛。

当然不能讲。出卖朋友这种事，也不用多，只要有过一次，你这辈子就别想再能活好。作为一个知道怎么样为自己打算的人，我只好接着装傻。出于举一反三的本能，我的思路开始转到去哪儿找工作的问题。

系主任再次重申组织上对我的善意，被我用沉默回绝。摊牌之前，他的语气在逐渐加强，同时指控我违反学生守则，私自将校外女性带回宿舍约会。这一点有监控录像为证。

“校外女性”这样的措辞，说明他们没能确认永红的身份。让我搞不懂的也正是这一点。既然有录像，又怎么可能排查不出一个本校的学生？再说监控录像也只涉及大楼门口的人员出入，不可能记录室内发生什么。刑事案件的事，他也没再提起。这其中或许本就有诈。总之，金永红这个名字不能从我嘴里说出来。

再说这些已经没有意义，现在是卷铺盖走人的时候了。既然伸头是一刀，缩头也是一刀，何不表现得悲壮一点儿？何况我早有多项不良记录，即便系里有意维护，也很难当作初犯对待。显然这是要把材料上报到院方的节奏。我咬牙钉死棺材上的最后一颗钉子，转身走出门去，这时突然感觉到一泡屎憋了好半天，于是直奔楼道尽头的厕所。

根据惯例，将我从艺术系研究生部除名的公告，将在下学期开学之后张贴在校园各处。

# 十七

那天刚回到家，猫立刻迎了上来，用下巴在我裤脚上蹭来蹭去。我给它新添了些吃的，然后打开一瓶啤酒，又点上支烟。

现在需要考虑的，一是谋生，二是怎么跟家里解释被学校除名的事。好在爹妈都在国外，后一条可以暂缓，可赚钱却是刻不容缓。我的积蓄坚持不了多久，最后一根稻草不知哪天就会落到头上。还有一件事在我心里挥之不去，就是永红自从去海边跟父母会合，就再没了消息。我打过几次电话，根本没有人接听，直到又有一天晚上，我重新试拨了她家的号码。

线路另一端是个男性，口音有些特殊，或者说完全没有特殊口音。就是那种常年说外语，最后把所有地方语调磨平之后那种口音。问候，道歉打扰之后，我问能不能和金永红同学讲话。对方听完，明显迟疑了一刹那，然后说这家没有人姓金，更没有听说过金永红这个名字。

对方说的是实情，还是出于何种考虑，有意阻拦我和永红联系？

这件事让我一夜没睡踏实。天亮之后，苦熬到九点钟，我又试拨了地理系办公室的号码。值班电话居然马上有人接了。我谎称自己是本市青年报的，因为工作需要，需要联系该系古脊椎动物专业的金永红。对方也是略微一顿，告诉我没有这样一个学生。我又问是否能再确认一下。对方语气笃定地说，古生物每年最多招收一两个学生，决不会搞错。

等各种小道消息传出来，已经是新学年开始之后的事了。过去的同学在社交媒体上发帖，说我住过的宿舍楼确实出了命案。有个新毕业的中文系男生潜回房间，把自己反锁在屋里，服下过量的安眠药，尸体被一个偶然返校，准备午休的同屋发现。该案一度被盛传为现实版《密室谋杀》，因为死者已经办好签证，就要移民到温哥华，完全没有自杀动机。

这样的认知盲区显得非常外省气。凭什么人一有机会移民，就会对自杀这件事自动免疫？随后的调查证明，死者由于专业兴趣高度依赖本土语境，再加上女友不被父母接受，于是寻了短见。根据尸检推定的死亡时间，恰好和我去看恐龙足迹的时间重叠，校园中的任何监控系统都不会留下我的记录。国家公园售票处的人对永红和我应该也有印象。毕竟不是故宫、长城那样的热门景点。

至于校方借此机会强化出入管制，整肃风纪，只能算我老人家倒霉。关于我被除名的事，后来也有议论。据说被我带进宿舍的女孩几次被摄像头捕捉到面部，但只能看到一片模糊，分辨不出五官。

## 十八

成了社会闲杂人员之后，我才感受到失去正式身份的含义。

开始那些日子，我每隔几天就会到区政府的职业介绍所，试试自己的运气。那里人很好，可他们能提供的服务，实在是没有太大帮助。我不在乎洗盘子、扛麻袋，只要雇主不嫌弃。这期间找到最好的工作是做家教。我教过学龄前儿童基础英语，也教过基础素描。问题出在我不是个会讨小孩儿喜欢的人，效果自然要打很大折扣。

后来又去给新富裕起来的土豪画像。先是画他们本人。毕竟学过一套美化人物的办法，比如眼睛小的戴墨镜，个子矮的就穿他们老子留下的旧式军服，于是很受客户欢迎。接下来我的模特扩大到他们的小三儿，还有宠物，特别是外国品种的狗。这些都无所谓。严格说来，范戴克、甘斯博罗做过的事情，并不比我高尚多少。

问题出在甲方本身。说起这批土豪的人设，土则土矣，豪却未必。尿遁逃单对于这些人，就是典型条件下的典型反应。至于我自己，穷疯了的时候，坐地铁都会去捡别人看完丢在座位上的报纸，有些折损不多，看着还像新的，就会挑拣出来，再拿到街上去卖。赶上有车被红绿灯拦在路口，我就冲上去敲人家车窗。总之，不给我咳嗽出俩钢蹦出来，就别想走人。我这是自谋生路，减轻社会的就业负担，只是手法上略有些争议。

那些日子的最大收获不是钱本身，而是发现能够赚到手的钱不在土豪家，而是在大街上。但从消极的方面说，这也把我变成一个半吊子，school smart、street smart 两头全都不地道。

我寻思良久，最后决定出去摆摊卖东西。当时街上的各路摊贩已经很多，市场基本饱和，我只能另辟蹊径。其实也没发明出什么别人没干过的新鲜事，就是觉着跑去卖香烟汽水什么的不适合我。毕竟也是读过书的人，总被小贩不许这小贩不许那的告示驱来赶去，总归还是添堵。我决定印一些自己的文化衫，把自己平日里唠叨过的话写上去。万一为广大人民所喜闻乐见呢？就当没做过段子手的漫画家不是好摊贩。

倒不是说我在这方面能有多大天分，当时就觉得自己必须干点儿什么。虽说生活之操蛋，远超过我能应付的水平，只是天性当中仅存的乐观基因，让我确信就算是一头瘟猪，也能从丫身上割下来几斤好肉。

一年前自办漫画小杂志用过的油印机，现在重新派上了用场，因此全部投资仅限于耗材。每天早晨一开工，整个房间全是刺激性的油墨气味，把猫熏得躲到阳台不敢进屋，看外面的鸟打发时间。我自己也好不到哪儿去。当时天气还没有转凉，可门窗都得敞着通风换气，开不了空调，直到收工吃饭。

自从这猫进了家门，没过几天就觉着混熟了，开始露出本相，吃饭开始不请自来地上桌，偶尔喂它几口，竟然还要挑肥拣瘦。开工那天吃完晚饭，它像个验货员似的围着几摞印好的圆领衫转来转去，不时伸出鼻子去嗅。接着就出了一件让我小吃一惊的事。

“抱紧我，别理我。”这只猫歪着脑袋，一本正经地念我印在布衫上的字。

什么情况，这是？

“傻 × 别老跟着我，”它又去看另一件，“叔叔，这是什么意思呀？”

“你识字？”

“嗯。”

而且它是无师自通，这更让我刮目相看。

“他们每天下班都要搓麻将，”它说起以前那家餐厅做事的人，“那些牌上全都刻着字，一二三四五，东西南北中什么的，时间一长，就都记住了。”

有了这个开端，词汇量的积累就只是时间问题。有时候它爬到树上，看下面的老头下棋，又记住了什么是车马炮象卒。没过多久，电视剧字幕也能看懂大概了。我得承认，它的故事超级励志。后来教它英语的想法，也是从那时候开始有了萌芽。我印在文化衫上的标语，都是中英文对照，地下那行拼音字，它就看不懂了。

“好小子，够聪明，”我摸摸它脑袋，“傻 × 这种话别随便瞎说，对你不好，明白吗？”

“不明白。”

然后是把东西运到街上卖。这件事并不像说起来那么容易，光选位，就让我绞尽了脑汁。首先不能去敏感街区，否则纯属找死。太荒僻的地方也不行，没生意。权衡再三，还是去了城区大对角的学院区，争取年轻师生们支持。

当时我自己身上穿了一件样品衫，当作广告幌子。除了我自己，还给猫缝了一件微缩版，粗针大麻线地显不出来手艺，可大体意思勉强还在。我的背上是自白“只要钱，不要脸”，猫的那件正是祈使句“抱紧我，别理我”。

猫在家里待得闷了，非要跟着出来，说是能帮得上忙。就凭它？不给我找麻烦就不错了。骑车带它穿城走那么远，本身就挺麻烦的。再有就是我没办法带它进饭馆吃东西。那天我还预备了若干个香肠气球，等到了现场，再扭结成鸟啊狗的样子，也是用来吸引眼球。总之，就是拗成杰夫·昆茨的电镀雕塑那种造型。

率先掏钱支持的，却是欧美学生。离我们摆摊的地方不远，就是专招外国人的语言学院。我的货色定价谦虚，图的是薄利多销，对于他们算得上是慈善价。有这批外国人引领潮尚，本地人很快跟进。第一天的销售业绩不但喜人，而且喜猫。这小子毕竟刚一记事就在看人做生意。它看好的势头，应该会靠谱。

那天晚上回到家，我和猫饱餐一顿，然后好好睡了一觉。第二天早早起床，我继续赶工，把文化衫的印制数量提高了将近一倍。一天的试水期已经足够，而且盈利窗口非常之狭小，我必须把效益最大化。

正如事前所料，见猎心喜的盗版者很快出现，我们的收益曲线随即呈现出高山速降之势。猫的观察力比我强，而且是看在眼里，急在心上。为了把路人的注意力重新吸引回到我们的摊位，它朝我扎的气球狗窜了过去，伸出一只爪子，弯刀一样的指甲刺进弹性球面之前，把头尽力往另外一侧躲，眯眼闭耳。接着我就听见“嘭”的一响。

坏了！刚冒出这个念头，就听见一声孩子哭，再看周围，已经有人以军训动作卧倒在地。真有不怕事儿大的。我的第一反应是赶紧收摊撤退。虽说算得上眼明腿快，可等我把猫喊回来，已经来不及跑路了。几辆车把这片场地几头围住，然后跳下几个城管。其中俩人不容分说，就把我的东西，包括电单车，一起扔到他们的车上。接着一根电棍伸到我眼前。我心里数了一下——八节电池的警棍。谁要是被电一下，整个人还不都得亮了？

猫一见我被押上车，一步跟着跳了上来。这可不行，绝对不能让它也跟到那种地方去。我一狠心，冲到后车帮，把它抓起来，丢了出去。小东西摔倒沥青路面，打了个滚，再爬起来，嘴已经磕破，流出血来。我朝它喊快跑，回原来的家，它也不理会，直到车开始加速，它实在追不上了。

# 十九

我被拉到附近一个派出所，往小空屋里一关，没人再搭理我。一种实验室狗的自我意识，就这样暗中滋生出来。但作为一只狗，我操心更多的是猫有没有回到原来住的地方。那边至少还会有退休的老头老太太好心喂它，开门进屋也用不着钥匙。

可是说到我自己，从一开始就没打算能有什么好下场，只是认打认罚两者之间假如能选，我肯定认打。即便按照最坏的剧本，也不至于把我的肾割了去卖吧。好不容易赚的几个辛苦钱再被罚掉，我怕自己会想不开。我从没信过破财免灾之类的屁话。破财本身就是大灾。唯一的好消息是，这天一大早就在忙，顾不上吃顾不上喝，一时不用申请上厕所。

门上有个小窗口，仅能容猫出入，横竖又钉了几根铁条，但是透气没问题。隔着外面的过道，可以看见对面屋子总敞着门，里面的空气一片灰蓝，不时飘出一阵阵烟味，还能听见纸牌抽打在桌面上的噼啪声。同志们斗地主的规律性节奏，再加上疲劳和紧张，很快降低了我大脑皮层的兴奋程度，没过多一会儿就睡着了。

小黑屋自然不会预备床铺，我只能躺在地上一块草垫子上，对付着眯会儿，蜷成一个球，直径小到不能再小，就像一只受惊的穿山甲；身体下面那片东西，不论尺寸还是清洁程度，都跟我家放在门口蹭鞋底的"欢迎垫"差不多。我还做过一个梦，内容一醒就忘了。

我是被人用脚踢醒的。开始还以为是送饭的时间到了，可睁眼一看，来人手里是空的。看来这是轮到我被提审了。想必是警力不足，受审比在医院等叫号还慢。

审问我的警察已经不算年轻，起码看着比较沧桑。听见我被带进屋，他从报纸上抬起头，翘起下巴，意思是让我坐下。我忍不住偷看一眼他的报纸，是当天的晚报，头版头条的大标题说南方发了大水。我心里头涌起一阵兔死狐悲的伤感——拘押环境下人更敏感。说起来我这个人有见字必读的毛病，根本忍不住。刚才一进门，就先把墙上挂的奖状逐一细看了一遍。

受审从来不是什么好事。不到一个月两次挨审，那就纯属倒了血霉。即便同样都是坏事，也能从中比较出优劣来。比如眼前这个警官，比起我原来那位系主任，就要好上不知多少，起码没有那些拐弯抹角的噱头。当然我不否认这种判断可能暗藏斯德哥尔摩综合征的作用。毕竟国家暴力部门和学院书生犯点儿小坏，分量、效果还是不同的。

“知道因为什么进来的吧？”确认之后，开门见山，直奔主题，“一个研究生程度的人，干吗非得无照练摊儿？”

“前研究生而已。”我把这条个人信息稍做纠正，然后老实交代都是因为缺钱。

“有同伙没有？”

“单干。”

“为什么要扰乱秩序？”

“完全是意外，抱歉。”

“家里还有哪些其他成员？”

“没人会跑到这儿来给我送饭。”我摇了摇头。

“我们了解这些情况，你在这里会享受人道待遇。”

走廊外面传出一声断喝。对面的审问者听了一笑，告诉我那边受审的是一小偷，溜门撬锁的惯犯。我想起一个成语，叫一视同仁。当然指的是我和小偷。但很快我就发现原来是自己想多了。警察大叔告诉我，该嫌犯属于丧心病狂的类型，做事完全不计后果，而且作案范围极广，从不限于特定区域。他说该犯的落网地点就在我住的居民小区。那种顺便提及的口气让我揣摩不透——到底是暗示我也可能上了受害人名单，还是仅仅让我紧张一下。

我的案子很快进入实质性处理。那天没有卖掉的文化衫，全部作为非法物品被没收充公，好在罚款只是象征性地意思了一下，不至于把人逼到悍不畏死的份儿上。好在遭遇损失这件事，已然成了我的生活新常态，要说有多淡定倒也谈不上，起码不至于痛心疾首。最后就是签字画押，老实滚蛋，准备洗心革面，脱胎换骨，重新做人。

除了随身物品，我能取走的私产还有电单车。等我按指示在红砖楼后面的存车棚找到它，前后轮胎早就碰了钉子，不光彻底瘪掉，就连气门芯都不见了。对此我也想不出任何办法，只能先出去再做理论。等我推着没法骑的车子，在十几条街外终于找到一家修车铺，老板说马上就要下班打烊，只能寄存修理。

我突然饿了。担惊受怕，胡思乱想，都是极耗人的事。可一想起自己这副土猴似的脏样，又不好意思跑到哪家饭馆或者食品店，去给人家添堵。我就这样戳在马路牙子上，左思右想打不定主意——或者先去找个有水的地方，把脸洗出个人样儿来？

缓过气之后的第一件事，是去找猫。

我赶去的第一个地方，就是收养过它的那家餐厅。虽说店已经关门待售，但因为地处公园，丧家之猫重返同类社会相对容易些。天已向晚，我趁着降到极弱的光线，在林木之间搜索。我想喊它，可它到底叫什么呢？我后悔从没问过它叫什么。直到路灯初上，蚊虫开始叮人，也没找出半点踪迹。

既然无果，我也只能回家。再说万一它没听我的，自己跑回去等着呢？

刚刚见过牢房内侧的人，警报等级通常要在高水平上维持一段时间。人体内的很多系统，更像真空管时代的产品，预热冷却都要花些工夫。突如其来的恐惧感，又像一头怪兽扑到我的后背上，让我浑身汗毛骤然倒竖。我四下环查，只有一个男人在我后面走着。我也说不清那种恐惧由何而来。那人还有相当一段距离，看见我回头既不躲闪，也没拿出对讲机通话，更没有在经过的树干上面做记号。或许我只是拒绝相信表面上人畜无害的事，其实真的人畜无害。

此刻，我像一个准备传递情报的特务。约定的接头地点是一处游乐场。

黄昏后，花花绿绿的灯光四处燃爆，隆隆的过山车上传来游客的尖叫声。猫朝这边走过来，手上流星锤一样挥着一只悠悠球。看见我在招手，它立即迎了过来。

“先生贵姓？”

“My name is Bond, James Bond.”

对上暗号，我们跨进一座摩天转轮的双人座厢，晃晃悠悠升到半空。即使有便衣跟来，也不可能追上来。但我还是看到下面不远的地方，一个化装成马戏团小丑的探员正在侦查，另一个骑在旋转木马上，对着我们不停地拍照。那位可怜的摄影师一圈圈上下颠簸；我不禁怀疑图片上的猫会被拉得又细又长，活像一只风干的四脚蛇。

接下来是摩天轮倒塌的场面。小丑密探拧松了基座上的几颗螺栓。高耸的转轮猛地倾斜，猫摔出座厢，先在半空中瞪圆一对大眼，惊讶了一阵，然后决定坠落到地面，几颗金色的小星星绕着它的圆脑袋打转，像个太阳系模型。下面的人群哭叫着逃窜。我拉出事先预备的降落伞，平缓着地后丢掉伞包，拐进一条更黑的小巷。我抬腕看表，撤离的时间铐紧我的手腕。

我要把这些想法画成连环画。

再过一个路口就是地铁站。我先加快脚步，回头再看背后，后面那个人还在六点钟位置，似乎有意和我保持固定的距离。晚高峰时间，各种车辆拥堵在路上。我掏出钱夹翻看一眼，万幸，公交卡还在里面。我突然起跑，冲进前面涌向地铁站口的人群，一路往前推挤到下行阶梯。

我原本打算横穿地下通道，再从马路另外一侧回到路面。

这时恰好听见列车进站的通告，便趁乱挤到准备滑开的车门边。没等到站的人全部下车，后面的人群已经把我拥进车厢里，像有一只鞋拔子，把我硬塞进这个相对安全的非舒适区。我家就住在这班车的途径范围内，可路过市中心时，我几次考虑趁乱提前下车，利用人流做掩护，同时避免暴露我的真实活动范围，只要那个“尾巴”不能通过官方途径掌握我的个人资料。

这样做也有坏处，因为拥挤的人群同样干扰我自己的视线。最终我还是选择了折中方案。我在离家还有两站的地方下了车，重新回到露天的大街上。那是一道夹行在两排高层公寓之间的人工峡谷，多处离完工还早，有些建筑之间有悬空天桥彼此连通。三座最高的楼顶，各自竖立起一个巨大的汉字，连缀成楼盘的名字“曼哈顿”。

路上我一直在想死的问题。虽说最后无非就是回到最初那个地方,但我并没感觉到乡愁。而且我也清楚,人一旦死了，也就不怕死了。因此我像很多人一样，希望最终被赐予意外的突然死亡。还在学校的时候，我给自己的小刊物画过一联独角漫画，讲一个人因为怕死，被折磨得五脊六兽，终于受不了恐死症折磨，从高层公寓跳下去自己做了了断。

刚进小学的时候，我们胡同有个男孩儿，经常一路上下学。一天从学校回家时赶上雨后，他偷懒没去厕所，在一根电线杆下的水坑里撒尿，结果水里藏着一根破漏的火线。电流沿细细的尿柱一路上导，当即要了他的小命。好多小孩为这件事争执了很久，比如他是不是来得及害怕，还有高两班的男生坚持说他死前肯定被电得射精了。

这一带街区倒不是特别热闹。现在我背后早已看不到任何人影，也许我猜疑中的追踪者，变身成了一只暗藏的伏兵，就在前面某个街角后面，甚至可能是一只来自史前洪荒的猛兽，不时开合的血盆大口散发出腥气。那是一只剑齿虎，把头低伏到地面，像一台蓄力待发的推土机。

我还没来得及转身逃命，街的另一端，一辆越野车戛然刹住，司机一侧的车窗已经摇下，伸出一支安装了光学瞄准具的步枪。我看见火光一闪，随之一股大力把我撞倒在地，然后是窒息和胸前的麻痛。与此同时，剑齿虎从我上空掠过，错失标靶，然后沿着抛物线，落到对面的车顶。金属薄壳在重力和冲压之下凹陷，车中一声哀号。我躺在人行道上，弥留之际的意识告诉我，那只远古大猫为我报了仇。

最后一行字幕应该是："杰出的卡通画家李大卫同志永垂不朽！"

# 二十

我走进小区，楼下的小卖部已经打烊。爬楼梯的时候我没开楼道灯，摸黑一路走到顶层。虽说早就过了一般人家关电视的时候，楼里还残留着做晚饭留下的油烟气息。

到了自家门前，我借着窗外照进来的灯光大略搜索一遍，没见猫的影子。我犹豫了一下，最后没有回到楼下去找它。范围太大了，根本没有线索，何况我也不知道它到底回没回来。我掏出警察还给我的钥匙，没等完全对准锁孔，门就在推力作用之下往里退。我轻轻再推，门开了一半，根本没锁。就在这同时，一件重物从上面落下，砸到我伸出的手上。

我听见纸页哗啦一响。东西不重，可吓了我一跳。应该是书吧。显然是个布设好的陷阱，但杀伤力却近乎零。这是谁干的？

“你是谁？”里面有谁小声喝问，然后一道白影在黑暗中闪过。

进自己家门还要被这样盘问，我一边心里搓火，一边去摸电灯开关。我也听出那是谁了，心也终于放下来。我疲乏得不行，可还是得先问问清楚，这小子到底是怎么进屋的。

日光灯管用力眨了几下，亮了。这是一间刚被闯入者翻箱倒柜过的屋子，文件丢了一地，桌子上剩着喝了一半的啤酒，原先用来印文化衫的油印机也不见了。钢琴盖上新添的烫痕，应该是有人捻灭烟头时留下的。所有这些我不是没有预料，可身临现场，目睹刻意的示威，还是涌起一阵怒意。

我点上一支烟，强压住坏情绪。眼前这些事足够我忙几天，先是撬坏的门锁要找人换掉，但也只能等天亮以后，这一夜只能对付着用饭桌顶住。好在家里没放现金，银行卡也都在身上，银行那边应该没什么麻烦。

起居室的长沙发底下探出一个小脑袋，扭过来朝我看。我问屋门上面的机关是不是你弄的。他爬了出来，蹲在我跟前，小脸仰着，做出一副臊眉搭眼的认罪相。

“你小子倒是挺机灵的呀。”我从门道捡起落在地上的一本书，就是进门时砸中我的那本，然后给他弄饭。

“怕坏人进来。”它呜囔呜囔地说着，嘴里已经大嚼起来。

等他吃完饭再说吧。我拿出冰箱里剩下的一瓶啤酒，一口气吹掉一半。等情绪冷却下来，猫也有了说话的力气。我问他家里到底出了什么事，他到底是怎么进门的。

“门开的。”

“你回来的时候，门是开着的？”

猫点头。

“没看见什么人？”

猫摇头。

这我相信。一只猫穿城回到这里，就算路感再好，完全不走冤枉路，也要大半天时间，不可能赶上作案过程。这条路他毕竟也只走过两次，而且都是被我驮在车上。想起它这一番千辛万苦，还有穿街过巷的种种危险，整个心就像被一只脚狠狠踩到地上。我重新点燃一支烟，找出从前剩下的半瓶伏特加，给自己倒了一大杯。

深夜，我带着微醺，在卫生间里清洗一身污迹，又把猫放进浴缸。它挣扎着说不要不要，最后还是被我强行按进水里，涂了香波，冲净，沥掉毛里的存水，裹进厚浴巾。虽说畏水依旧，但是比原来配合多了。我问它原来那家人有没有给它起过名字。

“叫我小三儿。”

“你在家排行老三？”

“是那个家，不是那个家。”

那个家，那个家，这我能懂。一个是人开的餐厅，一个是猫的原生家庭，只是听见这些，我又想起出版商三儿逼——祝他服刑快乐。北京孩子的小名儿，有欠雅训的不少。看着怀里的猫那副水缩后的样子，感觉就像一只小耗子。

“给你改个名，以后叫耗耗，怎么样？”

“好棒！”猫欢呼着，从襁褓里探出一只爪子，摸我的下巴，“耗耗，耗耗。”

我把它放到沙发上，让他先老实等我一会儿。可没等我把电吹风拿来，它已经挣脱毛巾，全身一阵猛抖，已经半干的长毛一绺一绺地支棱起来，看着像一只刺猬。

“那我赶明儿叫您什么呀？”这小子问题真多。

“叫我什么？”我听了有点儿懵逼，“老师、老板，随便叫吧。”

“那就让我叫您老爹，成吗？”

# 二十一

那天早晨醒过来，阳光已深入斗室，被百叶窗删节成地上的一行条形码。耗耗守着厨房，待在猫食盆子旁边，等候新的一天正式开始。我喂完他，准备出去找人修理门锁，顺便再把囤积已久的过期杂志拎到楼下，卖给收废品的。灾难过后，一切回归日常。

正准备换球鞋出门，听见楼下有人喊我的名字，还以为有挂号邮件。开窗探头往下面一看，原来是负责传电话的老头。这都什么年头了，竟然还有人打公用电话？我顾不上别的，趿着拖鞋，噼里啪啦跑下楼，在小区存放自行车的大棚里拿起电话听筒，重重地喂了一声。

对面传过来一个女声，听着很年轻，隐约似曾相识，可具体又对不上人。我干脆静下心，听对方机关枪似的把背景信息倾诉完毕，才明白她就是我和永红约会的餐厅里，那个管事的姑娘。我终于抓住一个空档，问她怎么会用这种办法找到我。她说以前听见我和“恐龙女生”聊天，讲到过住在这个小区，于是查到这里的传呼电话号码，一试，他们果然知道我是谁，住在哪个单元。

我听了暗自苦笑，正打算恭维一番她的侦探天才，她的话题已经变了，说找我有正经事。我有一搭没一搭地听着，有点不大耐烦。还有另外一个要用电话的人，这会儿就在我背后站着，憋了泡尿似的，时不时地原地踏步几下。我告诉对方公用电话谈事不方便，请她提供一个号码，晚些时候再打给她。

现在介绍一下，那个姑娘叫苏菲。

回到楼上，等收拾完窃贼还是什么人留下的烂摊子，已经到了晚饭时间。

整个下午门道里沸反盈天，接连两回，请到的师傅拿过来的锁都是错的，在门上不能用，如是反反复复。新认来的猫儿子在隔壁书房里来回兜圈子，皱着眉头，满脸都是大人物面临历史抉择的神气。好不容易折腾完，我连烦带累，已经没胃口吃饭了。

我喂完耗耗，自己开了一瓶啤酒，然后拨了苏菲留给我的电话号码，问她讲话方不方便。

“方便，方便。”听她声音，嘴里好像还嚼着东西，带着受阅部队通过广场的铿锵节奏。

她开始解释找我的原因，说他们餐厅老板放出来了，正准备重新开业。她说那边学生多，还有老外，就缺一好玩的地方。说到这里，我把话题岔开一下，问她们老板是不是还在做出版。她说不做了，出版太难了。也就是说“恐龙女生”也没再露过面？没有。

苏菲说找我是为餐厅的事。这话让我奇怪，总不会是为了让我去洗盘子，或是端盘子吧？还没等我把话问出口，她又说店里的内饰需要重做，眼下最缺的，就是能把新环境搞得让人眼前一亮的人。

“可这事儿不该找我呀，我又不开装修公司。”

“不要专业做装修的，”她说，“太老土了。要让他们做，就算有客人也给弄没了。”

“让我来，你就不怕房子弄塌了？”我又建议她找个好点儿的工作室，偌大一个北京城，不老土的设计师肯定有。不行还有老外。

“那些人太贵了。”虽说不是视频电话，我恍惚已经看见苏菲说这话时的一脸天真无邪。“过去我也听您聊过设计的事儿，倍儿有感觉。您不是还特懂恐龙吗？这会儿恐龙多火呀！您做出来的东西，肯定就是我想要的那种范儿。”

她这番话听得我有点儿飘飘然。先前那番谦辞，其实就是鸡贼，怕把事搞坏，预先免责。这段日子收获的，不是吓唬就是白眼，整个人都快不好了。更要命的是好久没进项。把猫抱回家那天，我教育他说别忘了，你小子可是我的负资产呀。这下可好了。

苏菲美女万岁！万万岁！

既然找到本人做设计，那说明重装餐厅的预算一定很紧张。改动建筑本身基本不用考虑，只能在配饰部分弄些噱头。

所谓恐龙主题也只是装饰，用几个肉食龙的身体部件，做成窥头于牖、迤尾于堂的样子，吓唬吓唬人玩儿。反正都是叶公好龙。按照我的理解，首先应该达到的效果，是向左近社区辐射一个信息——这家停业整顿的餐厅已经满血复活。

就像原先说的，这一带读书人多。虽说没什么钱，却都愿意为了情调，多出几个小铜钿。我相信苏菲瞄准的，就是这些能在空气里看见东西的人。他们会斜坐在窗边，要一杯稍贵些但又不算太贵的咖啡，外加一份甜点，消磨几个小时，翻开一本侯世达的*G.E.B.*，或是道金的《自私的基因》，假装沉浸于名著当中的深刻内容，赶上邻桌偶有同好，还能隔空会心一笑。

这座水岸建筑本身，并不在公园中的任何一条游览路线上，只有一条岔路曲折通向这里。最开始的设想，是部分重铺这条水泥岔路，模压出几行凹陷的恐龙足迹，兽足、蜥足都有。可以虚拟一次捕食过程的遗迹，也可以做成史前动物赶在大洪水前，逃向方舟的绝望努力。这些脚印将唤醒刻录在很多人基因中的狩猎本能，沿路寻踪，然后进门落座。而猎物就是厨下待烹的食材，只等着点菜上桌了。

苏菲喜欢这个想法，只是重新加工路面会造成很大的麻烦，因为超出了承租用地的范围。我又提出一个折中方案，用深色涂料在路面上喷印恐龙脚印。她说这样或许还有协商余地。那些都是她去操心的事了，我只负责制造一堆视觉垃圾，忽悠未来消费者的眼球。

这些天我和苏菲见过两面，感觉她不是那种喜欢指手画脚的甲方。以前系里有一个教授，自己的工作室很出名，常在外面揽活。他在课上分享过一点修理这种“后座司机”的心得：甲方严守分寸，二十万块解决问题；经常参与意见，另外附加十万；要是没事再玩点情怀，讲讲价值观，那就收丫五十万，并附赠署名权。

光有几排动物脚印还远远不够。我又在餐厅的屋顶上，也就是传统上安装候风鸡的位置，竖起一只身覆彩色羽毛的伶盗龙模型，让路人远远就能看见，好奇心一动，也许就过来了。过来之后，他们将会见到一头银色的高大侧影，长颈长尾随甬路并行转弯，头部悬俯在餐厅入口上方。这头金属板材切割成的蜥脚类巨兽，向内一侧描画着骨骼脏器的解剖图；朝外一边的细密画，描绘的是白垩纪草木植被，也就是它的食物来源。

方案很简单，用不了多少天就能完工。最后又就命名问题，我和苏菲经过一番协商讨论，一致同意新开业的餐厅就叫Kreidezeit，白垩纪。

您问为什么非要用德文？就因为苏经理是拜仁慕尼黑队的球迷。

那天在电话里商量这些事，因为手上还在忙别的，于是按了免提。当时耗耗就蹲在旁边，愣了一会儿，听出了那是谁的声音。我意识到事情不好，想关掉免提键，但已经来不及了。猫流着眼泪躲进卧室，一直到了晚上都没出来。

# 二十二

苏菲到底是个有主意的人。也没事先知会一声，就在餐厅里面辟出一块乐队用地。算了，反正没少付给我一分钱。更重要的是，这份工作在我的履历当中，增添了可供嘚瑟的一笔。刚认识的时候，听她提起过想当歌星的事。有梦想的人都会想尽办法，搭建自己的平台。

开业那天自然少不了攒派对。那天晚上最抢眼的，是从爱乐乐团请来的一个萨克斯号手。这姐们儿三十出头，妆化得很重，演奏的时候，铜光闪闪的弯管很容易被看成超大号烟斗，宛若游龙的吹奏者就像刚刚抽过了量，带着一股魂不守舍的疯癫劲儿。这是我第二次在这间屋子赶上音乐演出，唯一不同的是，这一次本人成了参与者。

就在演出前三天，那支临时乐队的键盘手突然病了，上不了台，得找个人接替他的位置。又是苏菲，莫名其妙想起我在店里弹过电子琴逗猫，结果又派来了新任务。那两天一大早起床，就在家里那台年久失调的琴上练两三个小时。只要弹上一段《哈农》里的音阶练习，就知道手指关节早锈死了。只要我打开琴盖，耗耗马上跑到别的房间，能躲多远就躲多远。等到下午去“白垩纪”跟其他人磨合，更觉得临阵磨枪也没用。

这里还有被淘汰者面对职业选手的自卑。好在本人淘汰得早，没让高雅文化整出毛病来，只是当年那阵“短痛”遇到新的环境刺激，偶尔还会出来作祟。更扯淡的是，为了配合同场的几位长发男乐手，我还要带上苏菲预先准备好的假发。虽说天气已经转凉，可在聚光灯下，加上怯场带来的紧张，头皮渗出的汗挥发不出去，感觉头发都在倒着往里长。

我坐在键盘前面，很快习惯了滥竽充数式的存在感。女号手进入状态后的一段即兴变奏，把我彻底甩出了轨道，再也接不上茬儿，假发里头也刺痒得更厉害。事后她对我的拙劣表现倒还挺宽容。我们很快进入以“前名”相称的关系。忘了说，她叫郑琳琳。

“白垩纪”开始营业后很受欢迎。老客人都有重新找到组织的感觉，还带去了不少新人，苏菲的日程安排进入了超负荷状态。效仿者很快出现在附近，合法的，半合法的，就像一片雨后的蘑菇。加上一轮的投资风口，不少这一带的“挨踢”公司，一夜之间膨胀成塞满现金的扑满，漫天乱飞。这个新兴的夜生活区，各类款式的店面、灯标到了晚间，让你分不清自己迷失在东京、上海，还是旧金山。

日历很快翻到国庆，本来我答应过耗耗，要在家陪他看电视。可苏菲又找人去唱唱跳跳。郑琳琳他们这些专业乐手都要参加节日演出，餐厅那边只能搞个业余堂会对付一下。关键是苏菲自己忍不住献唱的瘾。没人付钱听她唱，她宁可花钱唱给别人听，就连餐厅盈利受拖累，都可以不管不顾。

恕我不能奉陪了。我托病缺席，和猫一起看电视播出的《机器猫》。耗耗在蓝胖子身上，找到很强的代入感，还一个劲地问我，他是不是从二十二世纪飞回来的。我让他自己摸摸，弄清楚脑袋上长没长螺旋桨。不管怎么说，苏菲刚刚给过我一份工作，转眼就驳她的面子，我也觉着有点忘恩负义。这也是没办法的事。没有郑琳琳挡在我和观众之间，实在没胆量裸身出场。

在厨房洗碗的时候，苏菲打来电话，问候我的身体，一段流行旋律在背景音里不时出现。想必她正在“白垩纪”那边忙着。对她的体贴和好意，自然是要千恩万谢。她说不要客气，然后问我看到放焰火没有。

“放花了？”正说着，窗外已经有彩色的光芒闪动，随即是滚滚轰响。“这儿楼层太低。欲穷千里目，还得更上十层楼。”

“爹，快看呀，天都红啦！”猫在窗台上大呼小叫，“还打雷呐。吓死耗耗啦！”

“家里来人了？”耗耗的声音让苏菲听见了。

“乡下亲戚的小孩。”我压低声音说，但没告诉她猫的事。

电话又一次响起。已经是非至亲勿扰的时间。自从永红从我生活里消失，这还是第一次。接听之前我还在想，这是不是我妈打来的长途。

结果是郑琳琳。她说演出刚刚结束，就是想找个人说话。听她的声音，情绪肯定不太好。我没假装需要专门挤时间，直接就答应了。这姐们儿给我一种挺讲义气的印象，我也不想唧唧索索地不痛快。耗耗见我要出门，赖在地上打滚耍赖，不让我走。我摸摸他的脑门儿，求他原谅一回。

“我真的有事。”

“我知道您要去哪儿，”他一下子变了脸色，“您就是要找她去。”

“她？”我马上明白了他在指谁，“不是去她那儿，真的不是。”

## 二十三

到了楼下，这才发现刚刚下过小雨，路边的槐树在凉风中瑟缩成瘦瘦的黑影。

郑琳琳约见的地方，在离故宫不远的一条静街上。我一下出租车，就看见她已经等在路边，手里拎着折起的雨伞。那附近有一家咖啡馆还开着，主人是一个教建筑的老师，我们不约而同往那边走。偶然有车经过，在淋湿的路面上碾出断续的水声，拉成一长溜虚线。一阵风闯过红灯，摇落积在头顶枝叶上的雨水。抱着乐器盒的郑琳琳猛地朝我这边一闪。我为了躲她，一脚踩进积水。

“对不起。”她一阵尴尬。

我一笑了之，只是鞋子进了水，再走起来，响得像两只青蛙。

过节，又是这种天气，咖啡馆里只有我们俩。落座之前我们讲好，打烊之前一定离开。不过我们谁都没点主人一向自豪的咖啡。郑琳琳选了薄荷茶，我要了啤酒。然后她直接进入正题，说打算去美国读书，正准备申请签证，问我表格的事能不能帮她一下。

这种事，北京不少机构都能提供相关服务，但是要我帮点小忙倒也无妨。我先预祝顺利，然后问她是不是还学音乐。她摇头说那不现实；她准备先学语言，然后读个会计之类的实用专业。我听完朝她举了一下杯子，赞同或者惋惜的话都没说。接着她又告诉我另一件事：她要离婚了。

这个消息让我一时失重。首先我并不知道她是已婚人士，虽然她讲的故事本身毫无悬念。那是一个太多家庭一再重复的主题，即使不讲，其中原委也不难猜中一二。比起很多出外奋斗的人，她的老公应该算是很有良知，自己开始新生活，至少没有忘记老家的原配为自己承受过孤独和债务，准备给予补偿。可话虽如此，郑琳琳讲起这些，脖子上的血管还是一跳一跳。除了怨愤，余情未了恐怕也是一重原因。

对此我不便置喙，但又不好东张西望，只能继续端坐注目。这是我第一次见她素颜相向，演出妆彩已经卸过，浓厚的头发用一条宽丝带束在脑后，暴露出整个面部。她的五官除了鼻子全都很大，有点小人书里古代女将的既视感，除了没有披挂一副锁子甲。

她老公曾是北京校园中的风云人物，到我考进大学，影响力尚有余音。据说他有志从政，也在体制内的什么部门做过，没想到竟然移民了事。这样的人往往暗藏一颗文艺心，郑琳琳是一个重要官方诗人的小女儿，又在学音乐，一旦生活中交遇，自然成了他的追求对象。他们一起观剧、出游，畅谈人生的理想、世界的未来。

她又说起恋爱那些年，他们一起接触过的各种人，都是城里有意思的角色。所谓有意思，就是不按社会一般规范活着的人。其中说到一个常去聚会的人家，住在市中心一个四合院，居然就是我们家。也许因为年深日久，我对他们这对情人早就没有任何印象。如果他们曾经与我父母平辈论交，对我来说也是叔叔阿姨了。

我继续不露声色地听着。对于原生家庭背景以及随之而来的社会关系，我一向保持距离。这份城府和世故似乎是与生俱来，没有谁刻意培训过，也没有任何特别的用意。我们就这样坐到咖啡馆下班，我收拾好她交给我的文件材料，答应尽快帮她填写，然后告辞。

“那就等你好消息。”

“有消息第一个让你知道。”

我着急回家，可接连十几辆出租车全部拒载。节日的夜间，这是北京司机们拿糖的好机会。平时他们看见路边有人，一般都会极不识趣地鸣笛招揽生意。现在是特殊时期，我只能慢慢等下去。等到终于有司机对超额收益失去信心，在路边停下，已经过了半夜。他们惯于不报底价，只等分散街头各处的路人竞标，打车软件发明之前，自然难有斩获。

刚才坐在咖啡馆里，我心里头一直不踏实，不知道猫在家里闹出什么沸反盈天的局面了。可等我上楼进了门，屋里居然没有任何动静。我把每个房间搜索一遍，最后用手电筒照到床下，才看见耗耗躲在最靠里面的角落里，眼睛绿莹莹地眨闪了几下。等我把床往外挪开，他又缩着脖子，跑到对面长沙发底下，不管怎么喊也不答应。这是要和我谈条件的节奏。我不是个随便就能讹诈的人，这步棋他小子算错了——现在睡觉。

耗耗单方面发动的冷战，直到第二天仍看不出休止的迹象。他就这样躲在阴暗的角落里，直到要去砂盆撒尿才溜出来一次。我打开一个沙丁鱼罐头，见他鼻子抽了一下，但就到此为止。喊他名字，全部反应也只是动一下耳朵。有骨气呀，臭小子。

吃过早饭，我把郑琳琳的签证表格拿出来填写好，仔细检查几遍后，下楼去邮局寄给她。等我办完事回来，发现猫彻底不见了。就连最阴暗的角落都没有他的影子。我又把屋子上下里外搜索一遍。电脑键盘边上，一根脱落的猫胡须弯弯地显示出弹性，就像皮诺曹卡通片里蟋蟀用的钓鱼竿。这倒成了眼前唯一的线索。

我还是觉得什么地方不对。于是又在屋里搜查一圈，最后注意到一个最容易忽略的地方，也是最明显的地方——挂在书房墙上的模型飞机不见了。我这才注意到敞开的窗子，就连防虫纱窗也被推开。我趴到窗台上往楼下看，草丛中间露出一截折断的翅膀，一定是硬着陆时摔坏的。

我一路冲到楼下，猫早就没了影子。我一下蒙了，感觉整个人在缩小，周围楼群在疯长。耗耗看见的世界就是这个尺度吧？现在不知道他又消失在这世界的哪个角落了。

我跑回楼，写出一张告示：半成年长毛猫一只走失，好心人协助寻回或提供有效信息，必有酬谢云云。再附上猫照一帧，然后打印多份，像莆田郎中的小广告那样，张贴到小区各个路口的电线杆上。我没有待在家里，坐等消息主动上门。可前思后想也琢磨不出那小子到底会跑到哪儿去。

在这座城市，耗耗只在两个地方生活过。到我家之前，就是后来改成“白垩纪”的餐厅。我下楼取了电动车，骑上直奔西郊。我事先做过一番推断。首先，他的活动范围十分有限；唯一超出过这个范围的，就是上次摆摊出了麻烦之后，他自己跑回家那一路。那次他全程用掉不到一天的时间，由此判断，应该没在半路长时间停留过。也就是说，没有其他什么地方值得他流连然后重访，因此唯一还有可能去的地方，就是他从小待过的餐厅。

自从家里有了猫，我平时难得离开小区一带。我的电动车修好之后，也就一直没再用过。路上我又想起上次卖文化衫被抓，耗耗嘴上流着血，追着押送我的车在后面跑，然后一路穿过这个巨大的城市，自己找回家。

到餐厅之前，我把电单车存放在公园外，然后去买门票。我知道苏菲有过午起床的习惯，准备趁她不在的时候找猫，免得再为这件事多做解释。现在的问题是，就算耗耗真的跑到这边，搜索范围也要覆盖好大一片地方。我必须对他可能藏身的位置做个判断。入秋不久的天气，取暖不是迫在眉睫的事，加上阳光不错，相信他待在户外的可能性更大。

另外一个问题是吃饭。耗耗从小住在餐馆，没有养成严格食用猫粮的习惯，被我收留后，也是不时蹿到饭桌上偷吃。所以他最可能出现的地方，应该有机会找到烹调食物。选项一，苏菲家的餐厅，但这意味着重新面对过去被抛弃的伤害记忆。好好的非要离家出走，不就是怀疑我把他丢在家里，跑出去跟苏菲约会？选项二呢？我想了很久，决定先去周边其他餐馆试一下运气。

自从“白垩纪”初尝胜果，让公园周边荒凉的郊区气象为之一改，不少创业者纷纷效尤，说不定耗耗真会找上哪家的门，去做食客。经过这些日子的共处，我早就不再怀疑他有多大本事。于是我掉头转向一片过去的工厂宿舍区。不少新开的酒吧，都是利用那些老式红砖楼改造的，甚至还有一两家画廊，混杂在众多久居于此的低收入人家中间，在这片城外近郊的居民点，营造出一种古怪的市井氛围。

正是这些住户的存在，附近一处农贸市场始终保持着繁荣。就在我骑车经过一个熟食摊，一阵酱肉的味道随风飘过，我心里灵光猛然一现。这样一个市场，对猫来说，不正是最理想的觅食场地？不但供应充足，还能不时换换口味，前提是不被逮住。北京毕竟不是一个动物友善城市。

总算可以收缩侦查范围了，虽说我也不敢确认自己的看法到底靠不靠谱。整个下午，我就在市场周围转悠，偶尔也会绕到居民区里看看。这一带，家猫出现的频率明显高于一般街区，似乎在为我的推论提供支持。但是——这里几乎要敲黑板——即便出现再多的猫，并不等于能找到我的猫。从锁定到迷失，这个过程很短。接下去的搜寻基本就是机械重复。

俗套式的转折就出现在我放弃之前的一瞬间。这间棚屋我已经几次路过，还听见过猫叫，只是太多的猫干扰了我的判断。又转了几圈之后，我终于清楚地听到那个已经熟悉的尖嗓门儿——“喵”的一声之后，跟着一句“你妈的！”然后又是一声惨嚎。

我闻声冲了过去，推门一看真是耗耗。他缩在煤气灶的铁架下面，脖子上拴着一根麻绳，一身又长又软的白毛板结成一团败棕，旁边站着一个小贩，手里攥着棍子。不用问，猫就是被这人抓来的。我从口袋里掏出折叠军刀，指着把他逼向门口，然后割断绳子，抱起猫就走。小贩不死心，堵在门口，说猫是他养来抓耗子的，要抱走除非先给钱。

到了这种时候，本爷除了钱什么都不缺。看见猫的惨样，我就动了恶念，手里一刀刺出。小贩知道不对，转身夺路就跑，一面大叫“杀人啦”。这一次，我不想等警察来了再撤退。我趁乱把猫放进电单车前的金属筐里，跨上车座就往距离大街最近的方向冲。这个世界上，没有几个人真敢追拿一个想象中的凶手。

回家的路上，耗耗坐在小筐里面不敢吱声。我摸摸他的头，又在下巴底下给他挠了挠痒，叹口气说我们耗耗都饿瘦了。

“耗耗瘦了！耗耗瘦了！”小家伙终于忍不住大放悲声，“爹爹不爱耗耗！”

# 二十四

耗耗很快熬过发育中的叛逆期。

这件事说起来其实不那么简单。脾气变得宽容是好的一面，可一些从前从没有过的毛病，也开始一样一样地表现出来。作为一只公猫，他会撒尿划地盘，甚至在电脑键盘上。只要我长时间干活不理他，他也会在窗帘或者座椅背上，用爪子挠出一道道佐罗式签名。

除此之外，他坚持要我帮他弄一条短裤穿上，否则绝不肯出门，说不好意思光屁屁见人。我问他不是天生长毛吗，他说那不能算数。

另一些问题来自幼年的环境熏陶，只是原本处于潜伏期，等他后来逐渐成熟才显露出来。苏菲打理的餐厅一直附设有卡拉 OK 服务。正是那种靡靡之音，养成了这只猫的音乐趣味。刚把他抱过来的时候，我就发现每次听见音响里放古典音乐，只要不是舞曲类型，他都会把耳朵往后背过去；看见桌子上有印着巴赫、贝多芬头像的唱片，爪子就在周围抓过来刨过去的，跟用猫砂掩埋自己的屎尿一个样。后来终于悟出那是他在骂人。适应这个新环境，一定让他倍感艰辛。任何文化都有攻击性，就像新闻曾经报道忘了哪国的一个社区，就靠播放古典音乐驱赶无家可归者。

对于一只能说话的猫，高兴起来唱两嗓子也不是什么难事。自从发现他的嗓门开始变粗，他的自选歌单反倒走上了细柔路线。一天到晚，只要赶上臭小子心情特好或者特不好，他都要在家里各屋之间高视阔步，用广东话唱着香港歌，脑袋像鸟那样一探一探。与其这样，我真还不如把他拿去换一只鸟来养呢。我把这个想法对他说了。

“爹不会，”他对我的开诚布公反应十分自信，“爹需要耗耗。”

自从离家出走被我找回来后，这小家伙说话便不再用第一人称。以后不管说起什么事情，永远都是耗耗这个耗耗那个的。或许他是要用这样的自我称谓，强化某种暗藏的身份感。不难看出他对自己在这个家中的位置，倒是蛮认同的。

成长带来一个值得欢迎的结果，就是比较独立。自己要想的事多了，对我干涉自然少了。起码他不再管我出门是去找谁。我也严守一条底线，就是从不在他面前提起苏菲那边的事。在如何对待动物这件事上，我和她属于两种不同文化。作为一个文化相对主义者，我对一切文化差异尽量持中立态度，但对她传染给猫的趣味，我却很难做到中立。

可是风水轮流转，随着耗耗在家里的地位全面稳固，他那种文化渐渐表现出它的侵略性。也许是看多了卡通和综艺节目，他现在除了每天要唱，还要过足表演瘾。尤其百玩不厌的，是模仿我那些最欠风雅的姿势、动作。每回看见我心情不好，蔫头耷脑，耸肩驼背地想事，他绝不会放过给我难堪的机会，马上蹿到高处，端出一副耷拉着冠子的瘟鸡模样，装成哈哈镜里的我。要是我没忍住发起火来，他马上又会变成一只攥拳暴擂胸脯的大猩猩。

以猫为鉴可以明什么？那阵子，这厮没事儿就得气我一肝火内攻，拉出屎来，硬得能把白瓷坐便器给磕出裂纹来。

诚然，合作才是我们生活的主旋律，只是我跟他的合作也是小高潮迭起。一天晚上没事，我歪在电脑跟前看一部法国老电影。片子还没放到一半，耗耗也要挤过来凑热闹。当时正好演到一个老头在野外逗小孩儿玩儿，就着篝火，把手影映在帐篷上，假装各种动物，表演拉·丰丹的寓言故事。耗耗一见，缠着我也给他变一样的戏法。

这种手影戏，小时候我们胡同有个老太太教过我，所以略知一二，都是些入门级的把戏。摆出个公鸡、老鹰、兔子倒还凑合，太复杂的就不行了，而且动作有限。耗耗头一回开眼，见识的就是电影里的专业表演，对我这种水平自然看不上，于是跳着脚，非得凑一份子。可毕竟是猫，手指头太短，想比画个一二三四五都显示不清，结果又是瞎搅和。

接着他又干出一些更悬的事儿来。我心情长期不好，不时抽烟解烦，而他最讨厌烟味儿。作为妥协，我每次都去厨房过烟瘾，同时打开抽油烟机，可他还是不依不饶，非说要给我一点儿颜色看看。这种话也就是听着玩儿，他小子还能把我怎么样不成？结果这种想法立遭打脸。

耗耗这货提出禁烟威胁那天，晚饭后我去楼下查看过一次信箱。倒也不是在等什么邮件，不过就是无所事事，顺便出去活动一下。这段日子一直没有新的工作机会，想起来就添堵。等我回到楼上，打开一瓶啤酒，一面下意识点上一支烟，吸了没有几口，眼前就哧地一下，燃到半截的纸烟突然爆出一个小火球。我吓一大跳，整个人差点脱颖而出，从这身皮里蹿到天花板上。

你个小王八蛋！——这种事我用脚指头也想得出来是谁干的，可臭小子咬死了拒不认账。最气人的是我这把胡子，养了两个多月，好不容易略具规模了，结果烧成一幅狗啃的模样。第二天早晨扫地，我才发现桌子底下丢着好多根火柴梗，都是抠掉了火药头的。不用问就知道那是家里的小恐怖分子琢磨出来的作案工具。

## 二十五

入冬就是一转眼的事。随着天气转冷，北京人的生活逐渐开始热闹起来，各路聚会一下多了。但我自认不是任何人的约请对象，除了在家陪猫待着，捎带找些杂事做做，赚一点生活费，再没有别的打算。

降级版的静好岁月维持到圣诞购物节前，直到苏菲（还能是谁？）的一个电话打破僵局，通知我参加他们餐厅搞的节日餐会。我说不知道自己又干了什么好事，需要别人这样善待。人混得不好的时候，难免矫情一点。她说都是老板的好意，想要酬谢各界故雨新知的支持。

“可我无界呀。”

“无界也是一界。”

我听了点赞。是该出去转转，再这样下去，都要学会冬眠了。聚餐地点不在“白垩纪”，而是城里一家三儿逼开的火锅店。那里我其实去过不止一次，只是不知道老板是谁。总之就是那种一进店门，一片大红大绿迎面而来，热闹得让你一阵迷眼的地方，倒是有一种北京人消寒的喜庆气氛。

但我还是决定不参加。倒也不是因为别的，就是不喜欢在三教九流，生张熟魏中间搭讪。我跟苏菲撒了个谎，说最近干活没注意，得了感冒。为了不扫她的兴，也为我自己，我托她帮一个忙，等见到了老板，麻烦打听一下有没有那个“恐龙女生”的消息。这回我告诉了她前女友的名字。现在只要一想起白给永红的书稿画了那么多插画，就觉着痛心疾首。唯一幸运的一点，就是手绘的原作留在手上，没交给书商。

留这一手倒不是因为先见之明，而是我把其中若干幅寄给了我舅舅。想必是我妈说过话，她这个在自然史博物馆任职的兄弟，对我尽起了长辈之责，操心起我的工作问题来。

这个研究昆虫学出身的老三届，浑浑噩噩多年之后突然开了窍，也对古脊椎动物来了电，但是因为专业限制，只能从古昆虫这样的外围领域入手。几年前，他靠检验馆内一具剑齿象化石上的蛆虫蛀蚀痕迹，推断出这头史前猛兽的死因，受到业内嘉奖，从而进入管理层，而且没过多久就被提升。

但我还听说过另一件事。我舅舅刚走上领导岗位，就把博物馆的一件事处理得十分得体。当时辽西的易县附近一处铁矿发现过一件化石标本，一片页岩上显影出似鸟恐龙的骨骼。作为化石富矿，这个地方早就不把这种意外看成意外。由于在场不止一人，没有谁敢拿去私自贩卖，于是上报有关部门，之后几经辗转，落户到这里正说的博物馆，最后证明这是一个新物种。

化石的清理期间，我舅舅展现出鸡贼本性，提议用他们大老板的姓氏命名新发现的恐龙。以此人的科研成就论，此举并无不妥，但亦无必要，属于两可之间的灰色地带。但既然有人提议，事情也就如此进行下去。也是他积极撰文，坚称十九世纪在巴伐利亚的索伦霍芬发现的始祖鸟化石，仅仅代表进化史上的一个死端，只有中国辽西的孔子鸟才是现代鸟类的祖先。他还策划过一个“由龙到凤”的主题特展，可惜博物馆条件有限，不足以烘托那些祯祥。作为一个动物学家，不但要懂进化论，更要掌握达尔文主义的精髓。

对于他这么个勤学上进之人，像我这种低种姓的不可接触者，按常理说是不屑于搭理的。隐约感觉他亏欠过我老妈人情，或许为了他儿子，也就是我表弟的什么事。总之不关我事。我只知道自己利用裙带关系，当上了临时工。就像很多热乎劲儿没过的新晋负责人，我舅舅也是改革心火甚炽，于是我才有了打工的机会。

其实这也难怪。这个机构不过几十年的历史，在帝都的众多同侪当中并无值得夸耀之处，就像我曾读过的学校。而狼多肉少的后果之一就是经费短缺，不少馆内收藏的剥制标本虫蛀朽坏，也没人搭理，反正不是自己家的东西，大型化石的铁架也是锈迹斑驳。如此贵重的标本尚且如此，背景箱中的画饰更是到处开裂剥落到没法修补的程度。靠着我舅舅在领导面前痛陈利害，馆方决定彻底铲除，找人重新绘制。而我就是被找去画背景的人之一。

先是被分配到中生代那个小组。我给金永红的恐龙书画过插画，这个地质年代相对熟悉。本来以为那些没能出版的旧作，还能趁此机会回收利用一番，但我马上发现自己想太多了，画面的设计构图根本轮不上我说话。小组里负责画轮廓线的是个眼镜男，从一开始就开门见山地跟我说，你就是个上色工。他敢这么说，主要还是因为舅舅每回遇见我，全都假装不认识。

这话其实没说错。博物馆里的古生物画，自然没有通俗读物插图那样大的误差容限。你不能照着已有的图片，大概画出个样子就完了。专业画师都要根据科学家的指导，才能确定造型方案。肌体的形态要由功能决定，这只是理论，具体做起来，不像说说那么简单。乔治・居维叶号称能从一枚牙齿看懂整只动物，可我不懂解剖。身处这个小社会的最底层，说这些都是瞎掰。照着投影仪打在墙上的画稿勾轮廓线，本来不是什么难事，但就连这种活儿都轮不上我。

好在后面几个月，我和猫的饭票又有了。画里的苏铁、针叶林，加上空中的几只翼手龙，还有喷发中的火山，这些对我来说都不难，只是没画过这么大尺幅的东西，九十度角垂立，还要爬到脚手架高处，一开始不大习惯。墙上的石灰涂层也是我没接触过的介质，在现场学了几天，才大致摸清了材料性能。这就是为什么连画过《爬行类时代》的扎林格，也是从打下手开始的，本人又能算得上老几？

白垩纪才是新壁画的敏感部分。那些羽色斑斓，振翅欲飞的兽足类恐龙正在取代霸王龙、特暴龙这些中生代动物界的重型坦克，占据文化想象的制空权，象征着新的政治经济势力，必将超越旧的产业和国际秩序。这种高大上的任务，不会让我这样的外人染指。

为了博物馆在此期间继续接待公众参观，我们只能闭馆后工作。因为晚间没有自然光照，勾描轮廓还没问题，可着色部分就只能留到每天晨昏，还有周一闭馆时再做。这样的进度自然很慢。正式动工前，我们还要把同样的画面，预先画在一大块涂过膘胶的帆布上，每天凌晨手工时张挂起来，挡在尚未完成的壁画前面，就像维修期间的古建筑四周，经常围着勾画出立面门窗的幕布。

那阵子我一直都在琢磨，既然工程这么费事，还不如先把图样左右倒置，反描在帆布上，趁着颜料未干，拓印到墙壁的灰面上；每道步骤一次性画好，再像套色木刻那样，在进行中的画面上依序敷盖，直到图样渗入灰层，最后留下来的，是重新颠倒回来的正像。可惜这些设想最后也都成了意识流，根本没有实施的可能。

占据大厅中央位置的，是一具曲拱桥般的马门溪龙化石骨架。就像大部分的蜥足类巨兽，它笨重而庞大，伸着长脖子，尾巴像长鞭。侏罗纪中期是它生活的黄金时代。有时我甚至怀疑，那个时代的地球引力是否要比现在小得多，才让这厮发育成这么大个子。每次走过这些巨大的化石，我都心生敬畏。这些家伙前后统治过地球一亿六千万年。反观我们这些哺乳动物，却并未表现出太大的成功。就像文明史范围之内，只要我们面对汉唐、罗马，那些以往帝国的成就，现代人也常会自叹不如。

除了作为感怀对象，它们也是我的古典词汇表。回想起来，最早认识王者、爪牙、头角、蜥蜴、鸟之类的拉丁字，都是从恐龙科普书上看来的。据说很多小孩喜欢恐龙，就是因为他们可以学到很多大人不懂的怪词，组成一套他们自己的黑话。

工程进行了不到一半，听说上面新拨一笔经费给博物馆。于是本人有幸参与的这项工程，规模一下扩大了不止一倍。

对于馆方，这点补偿微不足道。毕竟地下储藏室还有大量重要收藏常年不见天日，找不到展出空间。但对我个人来说，这就意味着整个工期将极大延长，不但可以多领几个月薪水，还平添了不少磨洋工的机会。

比起后来新增的项目，我们那点儿修修补补，顶多算得上是聊备一格。就在那段时间里，展馆所有朝向内院天井的窗子都被苫布挡住，那部分室外空地变成了工场，新的脊椎动物化石钢架就在那里不分昼夜地焊制，每一个工位都覆遮在高悬的雨棚下面。我利用临时工作人员的身份，进去看过一次，整个院子就像一座千万年前被施了定身法的动物园，里面除了古爬行动物，还有三趾马、剑齿虎这些古哺乳类。而且远不止这些。

既然展示的都是动物，那就总得能动吧。整个工程最受重视的部分，就是那些机械恐龙。肉食的兽足类一定要做出吓唬人的前扑动作，而那头犀牛似的三角龙——估计是放在入口做迎宾用的——启动之后，两只眼里会有电光眨闪，嘴里头一面嘟囔“欢迎”。总而言之，声光电一样不能少。就连文静的马门溪龙也会昂着脖子，不时低吼几声，连我这么个外行见了都知道那不可能——那么长的脖子，一定有相应长度的返喉神经，所以只能是长颈鹿那样的哑巴。

## 二十六

转眼之间年关又到了。现场很多外省籍的工人都要离京，加入到每年例行的春运大潮中，馆内改造工程基本都要暂停。然而总有一些部分会继续进行，在此期间放弃休假的，工钱加倍。作为一个没家没业的苦逼，过年这种事跟我从来就没有半毛钱关系，于是找到组长，主动申请节日出工。对，本人不懂解剖之类，造型的事不能归我，可已经定了稿的部分，尤其是背景，倒也勉强应付得来。

我的世界突然静了下来。每天一早，骑车赶到这座巨兽万神殿，绕过新古典样式的正门，走后面的内部入口，再把车在专用的大棚里存放好。几天之后，我也有了一点内部人士的归属感。人就是这样奴性。走近中生代大厅后，我会围着那几具史前遗骸，例行巡礼一番。那些没能赶上挪亚方舟的生灵，拉着时光旅行的拖车，把我带入一个大洪水之前的世界，就像去一个比迪士尼乐园远得多的主题公园。这种神秘体验成了我的禅修。

自从去博物馆做事，耗耗开始关注起我的起居变化，几次追问我的行踪。关于工作的事，我也不知道怎么跟他解释，只能说出去挣钱去了。再怎么样他也明白，我们俩都得吃喝睡，哪一样都不能免费。那些日子，我时不时会从博物馆的阅览室，借回一些资料看。里面的一些插图，让耗耗来了精神，有一次问我那些大骨头是不是鲸鱼。我反问他怎么想到那儿去了，他说以前电视上演《皮诺曹》，里面的小船被大鲸鱼吞掉，肚子里看着差不多挺像，也是一棱一棱的。

这小子越来越让我刮目相看，于是告诉他那都是恐龙。这些陌生动物引起他更多的好奇，后来居然关心起它们的肉好不好吃。我告诉他应该和火鸡差不多。

“那您吃过吗？”

“没有，只见过骨头。”

说完又一想，那也不是骨头，然后又得掰扯半天化石是什么东西。就这样一路追问下来，没过几个回合就卡住了。虽然好些问题答不上来，可猫的兴趣立即逗引起来了。最后的结果当然就是缠着我带他去博物馆，看看真东西到底什么样。

这件事我也是犹豫再三，可还是答应他了。一是见他求知上进，另外也是把他关了太久，应该出去放放风。趁着过年，一周的假期里，有三天就我一个人出工。为了不出幺蛾子，我选了正月初五，那天旧俗破五，一般人都会在家待着，享受各种天伦之乐，撞见工友的概率最低。

耗耗怕冷，只能把他藏进背包。出门之前还在里面垫了又垫，总共用了不下五条毛围巾。那天正好下着小雪，北风吹着，弄得我自己也挺不舒服。正准备跨上车座开路，一辆奔驰车就在身边停下，吓了我一跳，差点儿滑倒。正想骂人，可再一看是熟人，高中时同学过，就住在附近。可就算再熟，也没必要这时候停车打招呼吧？

“过年怎么样，老李？”车窗摇了下来，露出上半张宽脸。“这两天有空吗？”

“正加班呢，”我有一搭没一搭地支应着。这是个喜欢算计别人空闲时间的人。

“有份文件要翻译，帮个忙成吗？这回是公事，付钱的。”

“晚上电话吧。”

车窗重新升起，胖脸消失。我觉出背后一阵挣巴，怕是猫在包里不爽，赶紧拿到前面来。耗耗探出脑袋，盯着已经开远的奔驰车。我知道他冷，赶紧把包放下，打开，再把他揣进胸前一个事先预备好的挂兜里。

“四个轮子好，两个轮子坏。”没想到他给我来了这么一句。

对，两个轮子是不好，尤其是这种雪天，太不安全。我把车推回存车棚，决定改乘公交。上车前我一再叮嘱耗耗，路上可千万别出声，更别跑出来。刚从两个轮子升级到六个轮子，总得自觉一点儿。

终于到了博物馆，里面也暖和不到哪儿去。臭小子赖在我怀里，半天不肯出来。除了冷，估计也是到了陌生地方害怕。他从我的羽绒服拉链里探出脑袋，像一只没断奶的婴儿袋鼠。我能觉出他的脑袋忽左忽右，正往四下里张望，貌似突然见到了大场面，一脸懵逼的傻样。可没过多一阵，他的精神头就又上来了。

“大象！大象！”他在我怀里嚷嚷起来。

开始我还以为是剑齿象让他觉得新鲜，问题是古哺乳动物化石并不是陈放在这间展厅里。这边是中生代馆，只有古爬行动物。我想破了头，最后终于弄明白他指的是马门溪龙化石。到除夕之前，少数恐龙化石已经完成重新装架，其中就包括这具蜥足类的明星。这个升级版方案相当抓马，很像纽约自然史博物馆里的重龙模型，采用后腿直立，头颈高耸的姿态，结果竖起的长颈被猫看成了大象鼻子。

这些都是新派的时髦，非要把一些灭绝动物的化石摆弄成马戏团的样子。再这样搞下去，有人让马门溪龙挺着脖子拿大顶，我也不会奇怪。这些事不是我一个上色工应该操心的事。我只告诉耗耗那不是大象，那是恐龙。然后按照之前的“约法三章”，带着他去脚手架上看我干活，不许乱跑，还用一根绳子拴在他脖子上。我可不想看见他在国宝堆里演特技。每到他实在不耐烦了，就抱他下去溜达一会儿，到各个展厅里转转，然后回来再画。

“爹，您真的爱画画吗？”耗耗问。

爱画，当然爱画，尤其爱画动物。小时候，还没学会拿笔，我就在家里的那台老钢琴上，黑键白键之间敲敲打打，用声音描摹我想象中的飞禽走兽。大象和霸王龙总在低音区走走停停，而高音自然属于林间的飞鸟、水中的金鱼；至于中音部分，则注册给了猫科动物，还有孔雀和海豚。

后来我把它们征集到自己的故事里，琴声不够用了，就用橡皮泥把它们的样子全部捏出来。我就像经营一家马戏团，手中的长鞭啪啪作响，指挥大灰熊表演独轮脚踏车；穿燕尾服的企鹅站成一排，围观披着嬉皮长发的狮子钻火圈；而我本人就是穿花衣戴高帽的红鼻子小丑。而现在，我又有了新的冲动，要把耗耗变成这个杂耍班子的头牌明星。

整整一天，耗耗的表现基本达到三好标准。离开博物馆之前，我私自决定给他一点奖励，便违反规定，打开了一只机器霸王龙的电源，结果这个怪物就像哥斯拉那样又吼又摇，两眼凶光爆射。耗耗哪里见过这个阵势？吓得哇的一声，大哭起来。

# 二十七

博物馆地处老城一个好路段，当初苏联援建的砂岩大楼后面，是一座前清敕建的喇嘛庙。闭馆这些天，我午饭之后都会沿着这条静街闲走。

全球变暖之后，入冬的时间本就延迟了不少，相隔几步之遥，还有一家隐秘的会所，厨房排出的暖风不时吹过，所以一直到来年开春，沿街都还会有龙爪槐的残叶，红红黄黄，稀稀落落地残留在树上。枯枝把柔软的阳光裁剪成一丝一缕，在四下里飘垂，衬着绛色的一角庙墙，抚弄着斑驳的倦意。

一天下班之前，突然发现一条郑琳琳的电话留言，说晚上约我去她家吃饭。她家住得近，这我知道，想必只是偶然兴致所至，顺便说说话。恰好我也觉得有点儿闷得慌。毕竟生活里有很多事，和猫没办法说。

她住的那栋两层日本式老屋，我以前曾经不止一次路过。进大学之后，很少再来这一带。若干年后再看，爬满枯藤的外墙上，方木梁柱间的绿漆早被风雨剥蚀殆尽。可不管多破败，这种大机关所属的地方，不是随便什么人都能租住，而且以郑琳琳现在的身份，也绝无可能独占整栋房子。这一类配给制的残留景观，仍是帝都一些角落中的隐秘存在。她领我从木楼梯上到二层。开门换了拖鞋，我恍然一步迈进另一个时代。

房间里到处都是八十年代国产电影里的摆设——一尊断臂维纳斯的石膏模型立在书桌上，钢琴上面也供放着唐三彩骆驼，都是工艺美术公司有售的那种。墙上一幅油画里，一个骑着驴子的维吾尔美女薄纱遮面，也是那个年头的调调。她家书橱里则摆着一册册的《世界文学》《外国文艺》，还有一套内部发行的《人·岁月·生活》，一张贴在柜门玻璃上的纸条写着“谈话请勿超过半小时”。

我感觉自己陷入另一种角色，就像一个考古学家面对眼前的墓穴，脑补一个消失的时代。我觉得郑琳琳真的好可怜，活在一个不知道哪辈子人的世界里，整天和鬼魂做伴。也许是在父母的旧居借宿，也许是嫁了一个年长很多的男人。总过这样的日子，不惦记出国才怪。

郑琳琳倒给我一杯新冲好的速溶咖啡，说她马上回来，然后进了厨房。这时我才注意到，屋子里飘着一阵菜香。想必她去博物馆接我之前，已经为晚饭忙了一阵子。我提议过去帮厨，她说基本已经准备停当，而且灶间面积也不适合二人转。

趁她还在忙着，我又把屋子扫视一遍，发现几个遗漏的细节，包括书桌上的两张旧照片。一张是一对年轻夫妇，背景色莫斯科圣瓦西里教堂那一丛彩色蘑菇，从五官神态不难看出是郑琳琳的父母；另外一张不问可知是她先生，长得很像早年阶级斗争电影里的正面人物。我也知道这种胡乱观察的毛病很不好，可我就是管不住自己的眼睛。

好在她很快忙完出来，翻手覆手之间，几样菜色摆上刚支好的折叠餐桌，还倒了两杯酒。所有这些都极其家常，可是颇见功夫。我甚至疑心她的烹调水准是不是要比她的乐器水准更好。很多我们这年岁的人，当初都是在家长喷火的眼睛底下练琴视唱，目的不是能当明星，就是积攒一点才艺资本，为考名校做铺垫，发自真爱的实在找不出几个。像她这样一个从小拉小提琴的，后来改学萨克斯，除了确实有天分，主要也是考虑工作机会更多。

落座之后她端起杯子，可以看出她的眼睛在笑。

“签证批了？”我问。

她点了点头，等我祝贺完，又问我博物馆的工作什么时候结束。

“估计还要一个多月，正式消息还没有。”

“等手上杂事料理好了，我会请几个朋友人热闹一下。这一离开，不知道要走多久。”

“好好混吧。准备请我？”

“当然要请。谢谢帮我。”

“举手之劳，不足挂齿。”

“到那天，你会遇见一个姑娘，也许能帮你。那可是大美人呀。”

我大笑谢过，突然觉得郑琳琳在我面前，活像一个弗洛伦斯·南丁格尔。那我就先等着，看天上能掉下多大一个馅儿饼。

那天临走之前，郑琳琳递给我一个礼品盒，说是送给耗耗玩儿的。透过上面的玻璃纸窗，可以看见里面装着一个 Hello Kitty 布偶。

看见我带回家的礼物，耗耗连甚合朕意的表示都没有，更不要说对送礼的人表示谢意。他像惯常一样直奔主题，斗鸡着眼睛，绕着纸盒来转来转去，两边的胡子撅起来往前探着，专注得像个准备排弹的工兵。他的小爪子拳套似的往里勾着，伸出来试了好多次，也解不开丝带系成的蝶形纽结。

趁着猫玩儿得专心，我给苏菲去了一个电话。我的用意无非探听一下，上回她见到老板，是不是帮我问过永红的消息。其实不用问，在她听见我问她这件事那一刹那的犹豫，我就知道她把那件事全给忘了。虽说本来也只是死马当作活马医，但这丫头做事不靠谱的印象，还是进一步加深了。她的兴头在别的事上。

“哎，听说没有，吹萨克斯那个郑琳琳要去美国了？”

“噢，是吗？”

“我还以为你知道呢，看她对你挺有兴趣的，老爱找你说话。”

“那是冲你面子，”我开始跟她玩太极，“这阵子忙什么呢？”

“上学去了，报了一声乐班儿。最近发现，没点专业训练，还真不行。”

## 二十八

在博物馆帮工的最后几天，也许因为口袋里有了几个闲钱，我都会在晚班之前提早出门，趁着附近一家古旧书店还没打烊，进入消磨一阵子，看看能踅摸出什么常人不知道的偏门资料，留备不时之需。后来在无意之间，发现一本民国初年影印的绣像本晚明小说《梅影梦寻》，一时觉得有趣，就付款买下了。

当时翻开书，见扉页上钤着一枚腰形朱文长印——“品梦斋主人藏书记”，双排八个籀文。扉页上却另有一个洋文签名——约翰·拉尔松，看着像是北欧人，说明该书曾经易主。正文前面照例是一篇由头面人物应约而作的题赞，但小说作者杏轩旧主并不见诸经传，应该是昔年一个失意的读书人。品梦斋主人这个别号，似乎曾在一本旧笔记中见过；隐约还记得一九七五年出版的《近代法家诗词选》中有一条注释，提到过这位藏书家。

拿回家细看，竟发现书中另有洞天。那些线条如铁划银钩的木刻插画，自然要先行浏览。然后我就瞬间石化——故事里的主角梅，仪态眉眼几乎就是永红的预言版，人设也是那种前现代学霸的范儿。

故事开始就是一个略带轻愁的场景。暮雨生凉，凉的不是天气，是别的什么。它轻轻地、紧紧地攥住你的心。暗柳如烟，湘帘半卷，园中的落花风在半掩的窗前试探着，偶或掀乱桌上摊开的书页。于是小说中也是红雨纷纷。

书中半掩的窗前也有人摊开书页，在残春的余韵中，以经典性的仪态呈现经典性的忧郁。故事以广板速度被叙述，被阅读，一如我们对那个时代生活节律的想象。黄昏忧伤的光线，让我更加清澈地打量眼前这个袖珍世界。显贵之家，屋宇鳞列，但梁柱上剥落的漆饰已略现颓败之象。一张未经触动的蛛网，竟出现在第一章里的一间厢房檐下。

我草草翻过几页，翻到后花园的月亮门外，故事的女主角就在这所大宅的后花园中栖身。进门后是一条卵石铺花的曲径，然后是一座假山，走向曲折盘错，书中说那是座迷宫。再向深处则有池水深碧，池中有岛与岸曲桥相连，岛上有亭名“听月”，亭外有官梅数本，岁寒试蕊，苔枝纵横。这个世界如此完美，简直到了无处便溺的程度。

梅的先父生前以诗名世，退休前在政府防务部门负有重要使命，并直接对皇帝陛下负责。正当他处于事业的巅峰，却受制于竞争者的琐碎心计，被清了君侧。他曾计划从葡萄牙引进新型山地臼炮，并组建步骑两栖轻装部队，加强部队的火力支援及快速部署能力，以改变阵地防御战术思想。这一改革举措被解释为个人野心膨胀，加之政府考虑削减国防开支，并对北方信奉萨满教的野蛮民族施行更温和的政策，而将日益匮乏的资金，转移到一些堪称虚构的民间项目。庙堂之上的尸位素餐之辈，把他们造成的残败局面称之为和平。

父亲辞职后，他们举家迁回南方祖业。老人将暮年的精力，消磨在古代青铜器的研究上，以淡忘他对北方边境局势的忧虑。他自认尽到了为人臣者的义务。在更深的意义上，他的思想更多受到古代厌世派诗人影响，即认为历史无非兴亡之间，合乎逻辑的二相对立过程。父亲过世后，寡母和尚未获得功名的长兄倾尽全力，维持日渐凋敝的家业。这样的成长环境使梅较之其他同阶层的姑娘，有更多的机会实习家政艺术，特别是裁缝、医药和财会。但我们这里主要涉及她生活中更为诗意的方面。

另一幅插画中，梧桐、鹦鹉、云隙中以微妙笔法透露出的圆月，烘衬一个不明朗的表情，还有一种几近冷漠的期待。

梅以一种宿命般的安详姿态，掩饰着内心的期待。就像所有那个时代的作品，整个画面的处置完全依从典范圭臬，没有特征，更避免特征，好像一切特征皆为缺欠。

晚雨初歇。花园如一部工于心计的散文作品，无论从哪个角度都无法做一番全景式概览。就像梦的幅员无从界定。你只有置身其中,涉足每一处微末细节。那些诗意的点缀——几丛丁香，一处凉亭，一段虎皮墙——就像一些妥帖的形容词，把你的漫步修饰成一段小小的梦想。它们引经据典，以众多神话的片段拼贴而成，逝者之名也随处可见，作为每一景观的标记。一个野心勃勃的园名，自诩能涵盖大千世界的方方面面，并阿谀地暗示其主人，作为更高级世界的候补居民，不过是在世俗领域中完成一项必要而痛苦的进修。

随后是一个描述户外活动的段落，梅正款款走出布局并不对称的院落，踏着步桥的圆石，凌波涉过一道流泉，丁香树下的黄昏浓郁得让她睁不开眼睛。曲径边的竹篱把落日筛成金粉飘落在她身上，让她抚摸过的一切有亲切的触痕显影。很长时间里，我都这样远远地窥视她，同一个角度，同一段距离，窗外的光线提供同样的照明条件，一切都在时间中重叠，被同一组动词叙述，时态的徒劳变换被搁置一旁。这是一种更纯净的叙述，一种可供镌刻的金石之言。被搁置的不是时态，而是我如花似梦的激情。

梅走向万花深处，嬉闹的风灵一路牵动她的裙带。她回眸一笑，体不胜衣。衣饰的剩余，夸饰而又不节制地表达着她纤袅的仪态。当暮色漫过围墙，没过重重屋脊，在花木中弥漫。竹桥下，水声汩汩而远。几颗初星竖起睫毛。我看到灯下的梅，倦容遮掩在晦暗的光伞下。她在竹弓上的鸭绿绸料上刺绣。书案上的虬耳开片瓷瓶中，几枝憔悴的碧桃，花瓣皱成紧锁的眉头，而她手中的绸料上却花事正浓，泄露出她初绽的青春梦想。

架上的鹦鹉睡眼迷蒙。喋喋不休的扁毛畜生就像语言的镜子，一个姑娘孤寂幽怨的自忏，被它延时反复，让她读到自己隐秘心迹的映像。她把鸟训练成告密者，向她揭发那些细琐、绝望的怨诉，而被告就是她自己。

风骤起，擦亮一片银夜。窗外的斑竹阴森地部署。沾满墨泪的竹节，是她一段段的记忆。她独处幽篁终不见天，万丈红尘阻隔在视野之外，就像古代诗曲中的深山精灵，沿着人间的边界巡游，唱着寂寞的情歌，跨下豹走如山势，吼出一天无星之夜。

梅在镶贝的琴桌前坐下，轻轻弹出一个动机。用一种特别的揉弦技巧，表达心中的颤动，竹林萧萧的风笛为她协奏，在空旷的时光中悠远地回响，没有听众。圆月如镜，框在窗中，反射着她自恋的乐思，我则守候在她栖身的文本外，做她知觉之外的知音者。弦断，更深，夜更冷。

我心中暗自一惊。梅的窗中一灯萤然。雨后风起，料峭梳骨，梅天寒袖薄，却无动于衷。她以诗意的冷漠拒斥花园外的一切，拒斥我，因我源于变动不拘的一切，随波逐流。我渴望跻身纸页，加入那个虚拟世界。亭榭楼台，天光云影。或一矾一染细入巅毫，或笔意草草不求形似。

假如物理规则可以偶作变通，此刻我也正缓行于温柔的残春景象。白马轻鞍，书剑随身，鄙人正少年。这个世界里，路在到达终点之前应略经曲折，天气在晨昏之间处于晴朗和阴郁之间，野生动物应性情温驯但保持自然生存状态。整个自然界被诗人善意地规划成一个含义深邃、略带意识形态的隐喻。“不到园林，怎知春色如许？”窗外花云起落，梅在心中回味这句流行的歌词，进而联想到整部歌剧的情节。梅认同歌剧，我认同小说，他又认同我。我的脸悬浮于书页之上，像一只情节中放出的风筝。

梅仍坐在灯下，散开的长发如愁云，半遮住她凄迷的表情。我合上书，一片隔年的叶子，夹在刚刚读过的一页。这一夜，我梦到她，梦中也是夜。我抚摸她，变换指触，如在黑暗中捏塑她的形体。黑暗是她迷漫的头发。黑暗中是某次激情的回忆。我回忆那回忆，在黑暗中抚摸，捏塑那段回忆，和那段回忆做爱。

梅的父亲昔年曾以才华及儒雅风度著称士林，一些优美的爱情诗和信札，让他领袖文坛，在当时的上流社会俨然一位风雅判官。而正因为这一切，梅的母亲在日后的孀居生活中，更难回避一些苦涩的记忆，以至无心重振家业。加之长兄二上春官皆铩羽而归，雄心日减；二兄终日游荡，声色犬马，但梅并未抱怨自己扮演的角色。她只是把目光日渐转向上苍，内心虔敬，期待意外的出路。

这是一部格调优雅的书，一部关于一切书的书。在作者面前，所有存在的书会自动翻开，成千上万的人物翩然走出纸页，将所有的世代，所有的风俗、向往和分歧汇集在一个无垠的广场。诗歌中的意象连绵成依稀的远景。或许有一天，我们也会享有这样一个节日，和所有虚构的人物一道，参加一次盛大的社交，以作为我们终将灭亡的报偿。

暗中我承接的柔情如浪起伏，唇吻间的忧郁暗红如黄昏。此刻它已褪色成默片中的影像，比我虚妄的存在更易朽。一面缥缈的梦帆载我渡夜，在寓言的彼岸登陆，加入一个虚拟的永恒。那是梦，它只发生于黑暗，而当明智的阳光照临世界，剩下的只有书，一个残忍游戏的记分表。

黎明，窗口把初露的晨光吞进卧室。群鸟的啼鸣在檐下相互押韵。黯然神伤的经典时刻，我吻别所有的幻象和回忆，听窗外有花飘落，听远山中渐渐清朗的马蹄声应和着梅的心律，四壁悬垂的字画以及她留在枕边的残梦，被阴冷的雾气侵蚀。梅荷衣下地，唤起贴身侍婢，对镜梳妆。此时我已在浴室里，让倦意随眼前的蒸汽挥发，再用剃刀刮去一脸呆滞的表情。马蹄声自山中雷鸣而出，夹杂着疯狂的激情，奔向梅住的城市。小说就要开始进入正题。

阴狭的街巷，一排排屋顶的石瓦缝隙中渗出炊烟，远远连成一片雾帐。我到过那个城市，当时也是晚春，寻常巷陌，斜阳酒肆之间，还能略窥一丝旧日繁华残金剩粉的痕迹。老城有个公园，相信就是小说里梅所住宅邸的原型，穿过故事里也曾出现过的那道月亮门，迷宫般的后园。绕过假山，小庭深院，风烟仍暖；斜桥外，昏鸦选树，乱花辞枝。再远处，是几丘松羽，一带夕烟；一楹一轩，一花一树，有如抒情诗中历经复制的意象，而我在空旷岁月中漂泊的恋情，也转回最初的调性，觅到一处下碇之所。

来自山中的年轻骑手通过城门。他身怀绝技，全身剑气在隐隐闪烁，奔赴梅家的花园。在下面一段近乎传记的文字中，他被描述成一个游历中的诗人和侠义之士。剑胆琴心，风神俊朗：公子兰，京兆人氏，本为世家子，因父母早逝由一位研究禅宗的教父抚养成人。

这位教父在填词和击剑方面造诣极深。他推崇传统的全方位教育思想，认为有教养的人，应将六艺全部掌握，不可偏废。这个儒家的原教旨主义者思想通达，反对韩愈、朱熹等人的极右言论，即使对于孟修斯，也只重视其作为雄辩家的历史地位。因此他毕生浪迹江湖，成就从未获得官方的正式承认。

公子兰自幼随教父在终南山隐居。这一带清雅的山区，历史上曾云集过不少著名的隐士。但他的教父品格超脱，对于名誉和财富从未怀有那种力不从心的渴望。而且到了他们生活的时代，所谓“终南捷径”的成语，早已只剩修辞学方面的意义。他的住处是几间石块和木料搭建的房子，一圈草草立就的篱笆算是院墙。不论以何种标准衡量都堪称简陋，但它却帮助一个天性骄傲而敏感的少年，避免了都市生活的喧嚣和流行的大众文化的影响。

公子兰曾在教父指导下，在山中研习一部古代经书。书中思想带有神秘主义泛神论倾向，认为宇宙的运行源于一种既非物质又非精神的力量，人可以通过训练，掌握一种介乎于机械和直觉之间的方法，使自身与整个世界相和谐，从而获得超人的体能和智力。这种方法被认为体现了道，或即是道本身。书中对于概念的界定极不明确。

他大致领略了这部晦涩的古籍之后，便开始了练习。每天用一种铜铸的笔抄写这部书，直到字体合乎书法艺术的规范为止。然后加大笔的重量重新开始。左右手交替或同时练。幸而父亲在世时曾教过他双手书写。三年后笔重已增至可观的程度。后来教父要求他去掉笔尖换上钢锋，改为在磨光的石料上刻字，并逐渐减轻笔杆的重量。直到能用一根极细的竹枝把字刻在云石上。然而最终的境界是把字镌刻在心上，或者说潜意识中，抛开对物质材料的依赖。但这需要毕生的修炼。

随年龄增长，他开始学习诗歌、历史、哲学、社交礼仪和辞令，乃至拳击和击剑的技巧。在练习击剑时，那部古籍中的词句符咒般发生了作用。他正进入青春期，骚动的生机充沛于一招一式之间。那种剑术源于燔祭的仪式，剑即变形的偶像。教父曾说，这种技艺源于邪恶的信仰。它代表的力量是邪恶的，必须用以维持仁爱的理想才能将术的机巧，上升为道的智慧。

过了十六岁生日。一天教父对他说，不论文学武道，他都已学得很好，剩下的只是经验，而这又偏偏无法传授。现在他应该到广大的世界中使自己成熟完善。然后他取出一柄相随半生的古剑："此剑传自吾师，今日再传于你。这是纯洁之剑，正义之剑。它的履历中从未有过污点，你不可辱没了它。"当时正值深秋，公子兰行了大礼，负剑下山。只听身后一声长啸，响遏行云，久而未绝。残霞满天，落叶满天。

以下章节叙述了公子兰完成学业后的壮游经历。他结交了几个朋友，谈过几次恋爱，游览过几处名胜，赢得过几次决斗，观摩过几场武林中的甲级门派联赛，还发表过几首格调轻快的短诗。随后他买舟向南，去体会草长莺飞时江南的暮春胜景。在一次民间节日的集市上认识了梅。那是按年度举办的盛大集市，其中或有商业利益方面的动机，而且隐约透露出人神杂处的信息。节日期间可以展销各种农具和牲畜，推广优良的农耕和养殖技术，并征召有影响的艺人上演一些表现耕作及收获的节目，以期鼓励更多的人从事与农业有关的活动。

当时她正陪母亲去庙里进香。那里人群如蚁，有个说书艺人正在讲当地一个英雄的事迹。他表情激昂，就像英雄的鬼魂附身。听众的情绪也在那个幽灵的煽动下升温。他们簇拥着年老瞽目的说书人，他们光荣历史的代言人，做着同一个白日梦。这个故事他们早已听过无数遍，情节发展早已轻车熟路，但他们的激情仍会按部就班地被唤起。至于缺乏历史感的儿童，自然成为木偶戏的观众，通过更直观的道德训诲。

至于一些不务正业的游手好闲之徒，则更着迷于怪胎动物的展览。各种两头蛇、三脚鸡、五蹄马，全部被圈禁在一顶土蓝色的布帐内，两个外乡汉子则坐在门外收钱。就在这座帐篷隔壁，几个贩运药材的行脚商另设一个摊位，展售他们从各地搜罗来的动植物标本。其中一些外形怪异龙骨，据说是远古洪荒的神兽遗骸，药性大凉。作为消遣，梅平对搜集这些药用石材素有心得，而公子兰恰好通过旅行，积累过不少博物学知识。他们的共同语言便由此产生。

接下来便进入类型化的俗套。梅的女侍在男女主角日后的交往中，恪尽穿针引线的职分，帮助才子佳人打破封建礼教。这里无意复述随后那些缠绵悱恻的描写。性爱只能同时作为第一和第二人称进行，而不是从旁窥视。每当一个家伙作为第三人称阳性单数，男高音般响亮地出场，我相信自己的目光是冰冷而锋利的。我憎恨他的光彩，他多舛而壮丽的命运，以及不时流露的心灵呼喊。他必须表演悲剧，必须有罪，成为牺牲，以换取众生平安。我们这些幸灾乐祸的平庸之辈需要这份血食。

我不顾耗耗抗议，点上一支烟。烟头一闪一闪，焊接起我支离破碎的思绪。我看不到梅，而她仍历历在目。她已拥有神话的籍贯，就像那个远古的女登月者，独自经历一个荒凉而荣耀的世界，和我遥遥相对，仙凡陌路，眼含古老的泪水。

我削尖一支铅笔，在书页的空白处批注，对早已退场的作者笔谈，发出一连串严厉责问。我恶狠狠地奋笔疾书，情不自禁，就像从事一场打碎旧国家机器的暴力革命。我仿佛看见公子兰在我笔下提纵跳跃，不时反击。他少年时便曾游历武当诸岩壑，与其第一名宿论剑，历三百招而不败。小说的字里行间不时飞出一道排他性的剑光，削断我的笔尖。幸运的是，他永远冲不出书中的纸页，作者已经把自己的化身，判决给他自己营造的世界。

厨房里，一阵金属盘子的磕碰声，打断了这一场想象中的战斗。我知道这是耗耗又在抗议。每次给他做的饭不满意，或者放到不再新鲜，它都会用爪子在碟子周围耙来耙去，像对待自己排出的粪便，还有他讨厌的巴赫碟片。因为没有性的禁忌，粪便成了他咒骂时最恶毒的借喻。这是在他认为我没有注意他的时候，否则他会直接骂人。

等把猫喂完，我又把书往后面翻了几章，梅的窗外已是满园秋色。雁阵冲风，长松含咽。梅螺髻蝉鬓，袖带生风。衣纹微动，如战笔勾勒而成，暗示着她远非平和的心绪。案头瓷瓶中晶莹地开着几支白菊。那是君子偏爱的花卉，如精致的尘帚，用以掸除主人心灵上的积灰。她在读公子兰的来信，里面讲到旅行中的见闻和孤独，一首新填的小令，用来表达相思之情。信封上面黏着一片经霜的枫叶，红得像一枚邮戳。但最重要的内容，是他提到不久前入川时，在嘉陵江附近发现的一种巨大龙骨。与之相比，即使古书中记载的犀牛，都不过是侏儒而已。

一本几百年前的小说，就这样为我的生活预埋了伏笔。天再次黯淡下来，又该去工作了。夜，它的头发那么黑，黑得像飘动的光线，照亮自己，照亮窗外广漠的世界。我拉开书桌抽屉，拿出一把塑料玩具手枪，装上砸炮，对准自己的太阳穴。一声枪响，耗耗吓得一纵窜到沙发底下。枪口冒出的烟圈为我绝望的激情画上了句号。

# 二十九

直到为她送行，我才发现出国这事对于郑琳琳，是多么没必要。那天一早收到她的通知，告诉我当晚聚会的地址。那是我没去过的一个地方，她父母家。不知道她选在娘家招待朋友，是不是结束婚姻生活的明确表态。

这个市中心的四合院，周围胡同还残留着旧时代的情调，靠北一侧种着龙爪槐做行道树。我核对了一眼地址，拐进一道很深的窄巷，纷乱的市声被堵截在路口之外。立春后的天气，气温尚未回升，但风中已经透露出换季的信息，只是沙尘也开始弥漫，吸入口的空气显得牙碜。

我在红漆剥落的大门外按了电铃。蜂鸣过后，投信孔后面的铁皮挡板轻轻掀起后再放下。我没去看那只向外窥视的眼睛。一个保姆模样的女人把门打开，问过我的身份和要找的人，然后引我朝里面走。我道了谢，随她转过迎面的雕花影壁，再穿过一条过道。头顶上的瓦檐局限出狭长的一线暮色。

穿过后面的一道月亮门，就是她家的内院。南墙下两个旧式金鱼缸，显然已被闲置多年。东西两厢前面各有一株海棠，可惜距离红云映窗的花期尚远。这家的主人毕竟是一个诗人。一只肥大的橘色斑猫走过北面正房廊下，爱搭不理地看了我一眼。

郑琳琳在西厢等候客人。我走上台阶，还没来得及敲门，就见一个人影隔着薄帘迎出来。门推开之后让我一愣，好一阵没认出她来，这才想起已很久没见过她装扮后的样子。她把一头浓发用丝带系到脑后，最耀眼的是一枚银质花形胸针，像是劫持了满院初上的灯辉。相互轻拥一下，她谢过我带来的花，示意进屋说话。

屋内所有沙发、椅子都坐了人，感觉所有受邀的人都已到场。我赴约一向不喜欢第一个，也不喜欢最后一个到场。按说这其中也没什么道理，只是一种老习惯。我随即注意到现场男女都有，就是没有郑琳琳说过的超级美女。这里是她出嫁前的闺房，书房、起居室、卫生间一应俱全，招待几个朋友自然不是问题，也不必打扰北面正屋的二老。钢琴上次在她的另一个住处见过，既然搬运回来，想必已经对婚姻生活做过了断。

郑琳琳把我介绍给已经到场的客人。大家彼此寒暄过几句，但也找不出继续多聊的理由。只有一个人我有点想去搭讪，名片上说他负责一家广告公司，穿得也挺像那么回事，说不定需要找人写写画画，可一番思想斗争之后，我决定再等合适的机会。这么不直截了当，无非因为对方是个有钱人，而我作为待业人员，连个名片都没有。至于为什么找有钱人问点事要做很多铺垫，我也没琢磨明白。或许就是势利吧。

毕竟有近十个人，正式晚餐太过麻烦，而且大多和主人交情不浅，于是大家端着纸盘子，随意活动，自愿组合。所有食物放在靠墙的硬木案上，一排候立已久的杯子正被逐一斟满。在我席卷掉一份土豆沙拉、三个春卷、若干 tapas 和两杯葡萄酒之后，外面门铃再次响起。

这一次郑琳琳亲自披衣前往。几分钟后，院子里的一阵说笑声不断趋近，屋门再次推开，从室外带进来一股寒气。一个姑娘娇声催促关门，一面笑骂新来的人玻璃尾巴长得太长。看样子她们之间很熟。

不管来人身上长了什么，但一定不会包括尾巴。美女终于出场，随随便便地现身在眼前，只有略为束身的立领夹衫，里面的沙漏体型欲盖弥彰。这些高颜值人士除了迟到的特权，再有就是不管以何种面目示人，照例坦然承受乱箭般射来的目光。

“待不住了吧？”郑琳琳瞥了我一眼，“要不要我立刻引见？”

“谢谢，不急。”

姑娘名叫郝思嘉，估计她爹妈当中至少一方，看过不止十遍《乱世佳人》。这样的影迷，在那一代读过大学的人当中并不少见。追求卓越，解放思想嘛。她在很大的一家传媒公司做财经记者，在关注金融和产业问题的圈子里，已经搏出一些早来的名气，在市场的评估预测方面，也颇有发言权。遇到经济下行的年景，她的咨询副业就更兴旺。总有不愁衣食的人，喜欢找美女给算算命。

“你就是给琳琳伴奏的那位？”

真是哪壶不开提哪壶，但我还是连说久仰幸会。总之先得没话找话，不能让球半路停下。当我说起曾经拜读过她的大作，她的反应是小吃一惊——一个学画的留心财经消息，到底不太多见——于是问我有何褒贬。

“文如其人。”我说。

“怎么讲？”

“两者都是过目难忘。”

这一点上我没说实话。我对她的第一印象并非来自文字，而是和永红一起参加的聚会上。我们只是擦肩而过，之后再无交集。记得她当时在帮三儿逼料理的公司的媒体公关事务。这是一个小世界。

“那我可以免掉自我介绍了？”她轻描淡写地赦免了我溜须拍马的罪行。

“除了联络方式。”我开始得寸进尺。

“认识琳琳很久了？”她顾左右而言他。

“也没多久，去年秋天。”这是暗示郑琳琳关于我的任何美言，都不会基于私人交情。

她继续问了几个小问题，只有几个，却是全频谱覆盖了我的背景、阅历、兴趣还有能力。我发现她的口音比较特别，字正腔圆得有些过火，不是一般北京人讲普通话的调调，于是旁敲侧击，反问了一下她的背景。她说她是上海人，而且是从专业播音进入新闻行业的。

原来如此。

她转入正题，说她供职的公司正在物色一名美编，不计入正式编制，背景审查不会很严；至于将来的发展，那要看业绩状况。我欣然表示但愿一试。

“准备好了就来公司考试，”她给了我一张名片，“相信不会难倒你，对吗？”

说完她便转身加入那群更熟的人中间。

# 三十

考试的确难不倒我。让我头疼的是他们公司的HR主管。那个比我大不了几岁的家伙，感觉做的不是人力资源，倒像管人事的机关干部。我一进屋就自动侦查到他的目光在侦查，所以第一次视线接触就像击剑手抢攻前的试探。这是一个从不放松地位意识的人，我也没把现实感拿去喂猫。于是鸡冠子耷拉下来的是我。他指给我档案柜边上的一个位子。

在我坐等进一步指示的十几分钟里，他的私人电话几乎没有中断过，话题涉及美元汇率、住房调换和幼儿园。他用这种肆无忌惮的方式再次宣示权力，却更多暴露出自己沉重的日常负担，还有浑身的软肋。而这自然也让我对录取后的收入，不抱太多奢望。最后这个人假装突然回忆起我的存在，嗯了一声，说编辑部主任在外面等我。

外面是办公室的开放区域，很多人在自己的格子里忙着。我像一只圈禁在迷宫里的蚂蚁，终于找到预设好的目的地，薄薄的一沓题纸，已经放在桌子上等着我。眼前的灰色隔板上，贴了一张艺术展海报，上面印着罗丹的雕像“思考的人”。看着那个托腮蹲踞的姿势，总觉着他不是在玩命思想，而是在忍受便秘。

试卷一上来就考汉语拼音，这让我有些意外。可再一想，这恰好说明公司员工背景多元，并不局限于京籍，虽说对于年轻一代，标准普通话早就不是问题。如果真是这样一种自由派的工作气氛，那倒是一件好事。但如果这些丧失时效的内容仅仅出自惯例，则说明这个机构的规模，已经大到经常忽略一些看似枝节的问题。我忽然想起那个人力资源主任，不就说了一嘴城南口音的京片子？侧漏的负能量说明他对工作环境严重不适应。

接下来的英文、史地常识、古汉语部分，都简单到答案信手拈来。想必我的两位推荐人，背后帮我做了不少铺垫。我检查两遍做好的答题，提前交给一旁忙着处理稿件的考官大人。感觉这个人容易相处得多，唯独样子初看不太喜庆，就连笑的时候也老皱着眉头，有一种万恶旧社会的既视感。他说会在三个工作日内通知我公司决定。

约好来通知那天，郝思嘉先给我打了电话。当时我正在做俯卧撑，接听的时候还在暴喘。大概是听到气息有异，她笑着问我是不是正和什么人在一起。我说和猫。

“欢迎上贼船。”她这算是提前给我通知吧。

我谢了她，谢得超级诚恳，就连爹妈我都没这样谢过。然后我建议去喝一杯，庆祝一下。这种机会我一定不会放过。

“好啊，改天咱们找个机会。”

“今天就很好嘛。”我伸出一只脚偷试水深。

“今天下午出去采访，结束肯定很晚。”

“那就明天？”现在我两只脚都踩进水里了。

“那就明天再看，好伐？”听她的口吻，摆幅调整在得意和无可奈何之间。

# 三十一

能够找到这份差事，完全仰赖郑琳琳和郝思嘉的疏通和举荐。否则我可能已经跑到街上，顶着北风摆烟摊儿去了，而且卖的可能还没自己抽的多。这种情况下找到的工作，难得会有多少故事性，就像我设计的版面一样平淡无奇，这里暂且放一放。

一些同事想必听到过关于我的不实之词，以为我有什么奇迹异能，结果被当成万金油用，就连翻译外文资料这种琐事也会找到我头上。他们的难处我倒是可以理解——对于多数人，学外语都是纸上谈兵，不管你考级的分数有多高，一旦到了实际应用，彻底不是那么回事。再考虑到我以往的专业，文化组的人不时找我帮忙，也属题中应有之义。

这些天里，他们忙着筹备国外一个大型电影节的报道，各种预测、争论，乃至小刀互飞，都是在为产品内容增加吸睛的佐料。我就是替作者们准备资料的，然后再由他们汇总成不同主题的文章。那是我这辈子第一次看见自己写出的句子被印成铅字公开发表，虽说署名的并不是我。

负责这事的记者因为评论古典音乐，在京城文化圈小有些名气。虽然我怀疑他是否知道，小提琴的四根弦分别都是哪些音。多年前玛尔塔·阿格里希亚洲巡演，访问北京的那一站,是在二十一世纪剧院弹李斯特。明星钢琴家到访，各家媒体闻声而动。我们那位老兄的表现尤为积极，端起相机冲到台口，警灯般的闪光外加快门声持续了整首协奏曲的始终。这个场面被坐在附近的一名法国记者写进报道，继而反馈到国内，还引发过一场关于普世规则和民族传统的大辩论。

这位前辈记者像狙击手一样，把镜头瞄准钢琴家，又被黄雀在后的法国同行用镜头锁定。这次事故在公司内部，却被当成了工作业绩的证明。而他本人对那场音乐会最深刻的体会是，阿格里希的演奏技巧，比理查德·克莱德曼高级多了。

提升到办公室职务后，这个人的艺术修养进展神速，很快成了评论瓦格纳、马勒的专家，对卡拉扬、小泽征尔的指挥风格不屑一顾。除了发表聆听感悟，他也极力鼓吹维护演出秩序的重要性，从必须穿礼服出席，到乐章间不得鼓掌。后来他的影响范围逐渐从西方音乐扩展到包括影剧在内的其他领域。总之，要想在这一行混出名堂，关键是不让外行看出你是外行。

更有意思的还在后面。就在采编部门一路紧锣密鼓，准备跟踪遥远异国的大众文化盛宴，以飨广大人民群众之时，原本呼声最高的最佳男主角候选人突然挂了。这一突发事件引起各种猜测，从长期的健康隐患，到婚外情造成的精神抑郁，不一而足。究竟哪些因素导致了死亡事件的发生，万里之外的我们就算想做沙发侦探，也推断不出什么门道。可不管怎么说，对于一家媒体，炮制一篇讣告还是少不了的。

编译的差事顺理成章，再次落到我头上。这对本人无非就是一片蛋糕，自然如期搞定。这件事也成了我属名发表文字的开始。长着一脸旧社会的编辑部主任找我谈话，问愿不愿意干脆把这个活儿彻底揽下。我跟他说这事很难，一个演员、画家，哪怕互联网巨头死了，我都能把此人一生业绩掰扯清楚，可要换成搞生物工程或者量子物理的科学家，那就彻底歇菜了。我知道英国有个讣告作家，因为全频谱无障碍，在业内被视为奇才。

于是主任鼓励我也做一个这样的奇才。他还希望我在讣告写作中，加入英国式的幽默感。我说不知道英国人能在谀墓之辞当中幽默到什么程度，但要我对哪位驾鹤西去的国内大人物幽上一默，得先拜托领导为我准备一份讣告，而且是特别悲情的那一路。

主任这人虽然表情苦大仇深，但相处起来大体愉快。有时加班晚了，他会约我喝上两杯。不难看出他平日少有找人倾诉的机会。作为一个有家室的人，他极少提到自己的太太，儿子几乎成了他唯一的话题，好像那个尚未成型的人将在未来某个时刻，代替他实现未竟的抱负和梦想。至于他曾经的抱负究竟是什么，我从没听他详细描述过，也许就是比眼前的境遇强若干倍吧。

而眼前他最操心的，是他儿子的英语补习问题。这件事他在饭桌上向我提起过不止一次，就好像我能教给他一个特别的窍门。我告诉他外面的补习学校水平相当不错，价钱也公道，可他拒绝信任市场选拔的成功者，总觉着私人关系提供的门径才真正靠谱。而且一旦认准，就会不计成本，不惜其余地直奔最高目标。这种倾向在比我年长半代这批人当中相当普遍，就像他们年轻的时候，会花一整年薪水的价钱，买回一台 286 电脑，套上绒布做的保护罩，认为这是所谓“一步到位”的必要投资。

下面说点儿愉快的。对我来说，在公司最愉快的一件事，就是在公共区域偶遇郝思嘉，比如去资料室影印文件，或者在上下班的电梯里。每到这种时候，我都遵守事先的约定，点头微笑之外避免更多互动，虽说每次邂逅，自己浑身上下的每个细胞都在嘶声呼喊“要她！要她！要她！”。

# 三十二

等真有机会和郝思嘉私下接触，已经是两个多月以后的事了。而在这样的机会出现之前，我终于混成了一个按月领取固定薪水的人，也找到了久违多年的安全感。这段时间还有其他一些事情发生，包括郑琳琳赴美成行。长期折磨她的人生规划终于实现，不光是她自己，周围的朋友也都看得淡了，虽说启程那天仍有几个人，非要把她前簇后拥到空港候机。

第一次收到工资入账通知，我给万里之外的爹妈发信，让他们别再担心我在北京的状况。接下来想到的就是猫，我知道他一直向往四个轮子的生活。在不能充分满足这一愿望的情况下，我决定给予他部分补偿。我订购了一辆遥控玩具车，座位空间刚好可以容下一只猫，引擎盖上还嵌着开瓶器似的奔驰徽标。

接下来的几天，每天下班回家的第一件事，就是操纵这辆童车，让耗耗满屋子来回兜风。但他很快不再满足被动做一个乘客，而是要求自主驾驶。我也只好交出遥控器，希望两手之间的复杂配合，让他知难而退。可其中的门道很快就让他给解破了。他用小肚子把遥控器顶在纯做摆设用的仪表板跟前，上下左右地来回扳动上面的两根手柄，撞过几次墙脚和家具之后，操控很快得心应手，各种花式噱头也纳入到自训科目。估计再过几天，就能把车开得像玩滑板。好在家里没有值钱的东西。

趁着臭小子自娱自乐，我也可以操心一下自己的快乐了。

光操心是没用的，更重要的是机遇。毕竟春天到了，树开花，车爆胎，种种希望一齐来。郝思嘉终于有事要我帮忙。说具体点儿，和我在公司干的一样，也是翻译一份资料，内容涉及期货交易和会计制度的历史。不同的地方在于，她这是私下需要。既然是私下需要，那就得私下讨论。这就是私相授受的好处。面对这千载难逢的机缘，我当然会打点精神。

拿到译好的文件，郝思嘉提议下班后去一家新开的意餐馆试试口味。我拷贝了这条指令。和以往一样，我们不会一道离开办公室，而是分头先去附近一家酒店的大堂，会合之后再到下一站。这倒不是为了避嫌。她是公司的大牌，各类事务繁多，结束工作通常比我更晚，加上那天又到了周末，所以好心让我先去街上转转。

我没心思逛街，在路边报亭买了一份《经济学人》，就提前赶往约定的酒店。在候人区，我要了咖啡，然后像读线装书那样，翻到杂志的末页。我一般只读后面的科技和文艺栏目。钢琴前的姑娘正在弹一些甜俗的古典小品，想必是音乐学院的小孩儿出来打工。等她弹到肖邦的一首圆舞曲，我看见入口处人影一闪，郝思嘉正用华尔兹快步穿过玻璃转门。没等她走到咖啡座，我已经起立迎接。

## 三十三

天色虽已向晚，街上的暖意却还没有散尽。我们穿过一个小公园，抄近路往餐馆那边走。曲径覆上一层落花积成的红毯，穿过游人散后的草地，尽头处是一座不时传过来笑喊声的旋转木马。

我一路不时侧身蟹行，一面比比画画地讲一些最佳的想法，虽说基本是在转述别人的话。那天我系了一条玩具熊领带，新同事看了几眼之后，笑问是不是想用花哨的图案吸引注意。当时我像挨了一闷棍，然后臊眉耷眼地解下这根套索。她的头发在晚风中不停地改变造型，从波卷的浓墨到淡淡几笔飞白，脸上的表情也随之阴晴不定。她的衬衫领口系得很低，事业线隐约可见，而略带距离感的神情则无言宣布“只可观赏，不得触摸”。

半小时后，我们坐在餐厅室外，啜着白葡萄酒，一天忙碌后的舒适倦意融入四周的空气。郝思嘉是个浑身都是故事的人，从办公室八卦再到政商两界的小道消息，还有她自己的职场阅历和个人爱好。她像大部分同龄媒体人一样喜欢旅行，但不像那些同类一样喜欢购物。这种貌似简单的生活方式，没有第二职业的人别想试水。这就是为什么她在外面兼做咨询、公关的原因。用的当然是化名，给老板，也给自己留些面子。

老实说，最近一次好好在外面吃顿饭，我都记不清什么时候了，一副馋相自然掩饰不了。作为一个有自省能力的人，我只好请同桌原谅，解释说我是个蓝领，同时暗地里一阵绝望。郝思嘉安抚我说，这是身心健康的表现。

要不是一直忍着，我的表现还能更“健康”一些。比如我差点就问服务生要了一副筷子，把罗勒宽面彻底吃成热那亚炸酱面，体验一回什么叫西学为体中学为用。也许因为喝了酒，再怎么忍着，话还是密了起来。我讲起在博物馆的蓝领工作，告诉郝思嘉私下的一些感想，比如我觉得自己就像文艺复兴时期，意大利那些大师工作室的学徒；他们在墙上画《圣经》和神话历史人物，我们画的则是史前的动物。假如《雅典学园》里的亚里士多德像我一样，站在巨大的马门溪龙和剑齿象的骨架跟前，他对世界会不会有不一样的看法？

郝思嘉听着，不时点点头，礼貌但心不在焉。我这才想到自己的话题未必是她的那杯茶。北京媒体圈的人能有几个对科学和历史感兴趣？古生物这东西恰好又跟科学、历史都沾边儿。我心里狠抽了自己几个大嘴巴子，赶紧把那堆老骨头划拉到一边。到了这种时候，最好先把麦克递还给对方。

郝思嘉的话题不是特别宽泛，基本都是围绕着人的，而她在这个方面确有一些真知灼见。她不点具体人名地讲到圈子里的一些恩恩怨怨，对我倒不失为防雷避雷的小贴士。为了不让我扫兴，她又提起最近在纽约的一些见闻，话风顺理成章地转到中央公园边的美国自然史博物馆，讲起圆厅里的一头大恐龙（对，那是重龙的复制模型），为了保护自己的恐龙宝宝，高高直立，对抗进犯的食肉龙（这是特异龙）。

我假装不知道这个装置，一面点头赞叹她的国际视野。然后问她如此阅历，何苦浪费掉，不写成小说。她听了含笑透露，她的一本小说刚刚再版重印，而她身为作者也被两家杂志选做封面人物，马上还有其他媒体跟进。我听着她的故事，端在手里的酒杯像凸透镜一样，把面前的美女一个局部一个局部地放大、变形。

一阵冷风骤然吹起，我们互相对望一眼，然后同时举手招呼结账。最后钱是郝思嘉付的，因为她能报销。晚春的天气反复无常，好像天意不愿给这个接近完美的晚上画蛇添足。可事情还没结束。

我们在街上连续拦下几辆出租车，全都赶上拒载。我脱下自己的外套，披在郝思嘉肩上，同时阻止了她的谢绝企图。她是因为要和我吃饭，才没开车上班，免得违规酒驾。又一阵风掠过，我浑身起栗，皮肤麻麻地成了砂纸，牙齿也开始上下打架，就像含了满嘴拼命赶工的打字员。

等到终于又有一辆车停下，我们不容分说，拉开门就挤了进去。这回司机倒是同意出工，但只能去一个方向，要我们自己决定，不管划拳还是猜枚。到了这个时候，唯一的办法就是去我家。

## 三十四

没带自己的过夜包，郝思嘉只能借用我的。大出几号的睡衣给她一种吴带当风的飘逸感。浴后她也只能凑合着用我的凡士林，润护吹弹得破的皮肤。我又找出一件很久没穿的羽绒服给她，然后也去洗漱。

等我从卫生间出来，外厅已经响起电动马达声。耗耗终于忍不住了，开着他的奔驰车，在漂亮的客人面前来回来去地显摆。小崽子这副德行，真想吊销丫的驾照。郝思嘉见了倒是一笑了之。她更关心夜里睡在哪里。

“我怀疑这里只有一张床吧？”

“这可是一张大床。”

她肯定知道我在耍赖。外屋的长沙发可以拉开，任谁一眼就能看得出来。就算不拉开，睡一个人也没问题。可既然她没揭穿我，那就有机会进一步试探。最后我们一起进了卧室。各自钻进被子之前，她像收地毯那样，把厚床罩卷成长条，把床纵向分隔出左右两个区块。她说文明人需要阻挡野蛮人的长城，而且坚持睡在靠近门的一侧，以便情况异常时撤出。我干脆打开壁橱，由她任取筑墙材料。我对自己的攻城锤充满自信。

听见屋里的动静，耗耗挤开门缝钻了进来。他东张西望了一会儿，看见俩大人都在床上，便一纵身跳了上来，爬到新筑起来的隔离墙上，左一眼右一眼地看着躺在两头的我们。郝思嘉从被子里伸出一只手来，用修尖的指甲为他梳理长毛。这小子眯缝起眼睛，舌头一吐一吐地舒坦了一阵，确认他的捣乱没能生出事端，也就无趣地走了。我起身关掉台灯。

卧室外面传来耗耗的嘶吼，用的是他的母语。肯定又在搂着郑琳琳送给他的 Hello Kitty，发泄小小的情欲。这个家里的德育实践证明相当失败。突然有个念头钻到脑子里——真该想办法弄一笔投资，开发一系列宠物用的硅胶娃娃，市场前景一定会不错。想到这里，我感到一阵起身找本子做笔记的冲动，只是春宵一刻能值几轮天使投资。但愿明天早晨起来，还能记得起这件事。

我转过身问郝思嘉，近期有没有听到郑琳琳的消息。回答是没有，只知道她人在洛杉矶，会有很多琐事要忙吧。说完她要我把床头柜上的水杯递给她，然后在暗中接过，喝了一口，又递还给我。两人的身体一番擦碰，我能觉出睡衣从她的肩上滑落。一线月光透进耗耗抓破的窗帘，她的胳膊像一条莹白的银鳗，在珊瑚礁的深处潜伏欲动。我正要开始清除屏障，手却被她按住。然后是更多的身体接触。那道新建起的“伟大的墙”，随之成了柏林墙。

“你答应过做好人。”

“可你也说过我是野蛮人，对吗？”

野蛮人随即遭遇到一对裸胸坚实的迎拒。他用单臂挟持对方，另一只手前后上下地搜索，五个指头好像五个侦察兵。

等再次睁开眼睛，我看见思嘉靠在枕头上，正皱着眉头看手机。

“是我爸妈。问我昨天夜里在哪儿。恐怕我得马上回去。”

我听了觉着奇怪，一个畅销小说作家遇到这么简单的情况，居然编不出一个借口？

“可你是独立的成年人了，这种事不能自己负责？”

“只要我还住在他们家里，就该听他们的话。”她的神情让我发怵，“你住的这个地方，不也是你父母的财产？这能算真正独立吗？”

这番话让我无言以对。我正搜索枯肠，想在嘴上扳回一分，耗耗偏偏又在这时候闯进来，嚷嚷说他肚子饿了。是该准备猫食了。我把猫粮倒进地上的碟子，草草拌了一些沙丁鱼酱在里面。

我回到里屋，看见思嘉脸上还有泪迹，正要过去抱她，却被她把脸一偏，轻轻避了过去。这种时候任何说辞都不会有正面效果，但我就是不希望她离开。我揪住她那两只过长的睡衣袖子，系到一起，像疯人院里的约束衣那样打成一个结扣。

“现在你走不了了，亲爱的。”

思嘉挣扎几下，最后从睡衣领口脱颖而出，上空站在我面前。我抱起她，一路吻回卧室。她的手机又一次响起，震颤得像是就要跳到半空。

她很快成了一只仰泳的海豚，把我带进一浪一浪的激情。她一次次忍回就要爆发的高潮，直到蓄积到小巧身体的容量极限。引爆的一刹那，我对这座老楼的结构强度担心起来。等她的哭喊减弱成没能唱上去的高音咪，我心里盘算着可算能去一趟卫生间了。刚才一时性急，没有事先排空膀胱，真是一大漏算。

喘息长度只有几个节拍的休止符。思嘉眯起单眼坏笑一下，然后抬起两腿夹住我的腰侧，像一个勾镫倒挂在马腹下的骑师，驱策我继续冲刺。我有几次真想请个短假，出去先方便一下，最后还是作罢。To pee or not pee，这不是一个 question，而是真正的 problem。等她终于颁谕收兵，我当即领懿旨谢恩。

我趴伏在思嘉躺过的位置上，等着从“小死”中慢慢复活，而她这时已经下床披上睡衣，走到窗前，拉动百叶窗的牵索。听见哗啦啦的声音，耗耗从外面挤开门跑进来，一见窗叶升起，他马上蹲到思嘉脚边。泻入房间的阳光下，他抬起右爪加额敬礼，神气一本正经到哈喇子都快流下来了。

“耗耗你太逗了，”思嘉摸摸他的头，“说不定阿姨以后还会专访你的。”

我也开始一面准备早午餐，一面看她跳进自己的衣服里，以战备速度结束停当。在饭桌上，我们突然都拘谨起来，就像这是头一次见面。也是啊，谁又能想到会出这样的事？这可是人人忌讳的办公室恋情呀。

“那我们以后呢？”一起冲澡的时候我问过她。

“晚上给你电话，”说完她抬起头换了个口气，“时间不早了，本宫先要摆驾归宁。”

陪她在楼下等车的时候，思嘉伸手摘掉沾在我胸前的一根猫毛，眼中隐隐又有泪影闪过。见她这个样子，我感觉从头到脚在像冰激凌一样融化。

回到屋里，我被倦意重新放倒在床上，四周残留着思嘉的古龙香水味。耗耗跟着蹿上来，下巴枕在我的臂弯里，小鼻子一动一动，像是在搜集信息。

“老爹，您为什么要把阿姨搞哭？”

“阿姨没哭，傻孩子，”我摸摸他的脑门儿，“她在用外国话朗诵诗歌。”

“酱紫啊。”这小子若有所思地点点头，移步跳到床头柜上。

台灯边上放着刚从楼下信箱取来的一张贺卡。那是郑琳琳寄来的，里面还附有一张便笺，英文写着她很快就要忙乱起来，所以提前祝我生日快乐，长命百岁。耗耗在纸上嗅了一阵，然后跑到外间，把他的 Hello Kitty 拖过来，反复对比两件东西上的气味。

“郑阿姨从美国来信了？”

“嗯？”我再次对这个小流氓刮目相看。

## 三十五

晚饭后思嘉如约打来电话，说他父母对她昨晚的行为表示震怒。我承认应该对此事负责，然后针对自己的私心和欲望做了长篇检讨。

接下来轮到我挨了一阵晴天霹雳，因为她的男朋友，或者用她的话说，是正式的男朋友。也不知道那哥们儿什么特异功能，光凭直觉就发现自己画出的狗尿圈失守，奶酪也被动了。他当即推迟香港的一次商务活动，窜进回京的头一班飞机。

“我知道对不起他，”电话另外一端的声音听着像装了消音器，“可我真的喜欢你。”

“那我们以后怎么办？”我的口气早已减弱，毕竟自己才是这种关系当中的入侵者。

“我想经常和你在一起，”她再次语声凝噎，“至少在我结婚之前。”

思嘉唯一的缺点就是泪腺太浅。而我一时半刻也提不出可行方案。建立一种排他性关系，尤其是和这样一位姑娘，成本可不是我能支付得起的。这样一双大鞋，就算我在里面迈出好几大步，它都不会动窝儿。可现实越是如此，就越忍不住去想那个对手到底是什么样的人。

根据随后听到的说法，大概可以确定那是一个赶上时代顺风车的人，积累的资产很可观。思嘉手中的杠杆绝不单纯是青春美貌。小三儿市场上有的是更年轻，也更容易驾驭的姑娘。她的经济学家父亲和文学博士母亲，铁定会为一桩拟议中的联姻加分。而她自己作为地位上升中的媒体人，也在公关方面助益不少。所以我的那个“亲戚”要极力挽救这个关系。容忍的前提通常是需要，各方皆然。

对于思嘉，最近几日的回归常态拨乱反正，就像罗马假日之后回到上海或者西雅图上班。至于本人，这样好的姑娘能得到一半，况且政治不正确地说，还是更好的一半，同样不愿把事情搞成零和游戏。参战各方取胜无望，又都不肯撤离，反倒成全了僵局下的和平。于是这种心照不宣的三角关系维持了大体的稳定，尽管不如平面几何里讲的那样稳定。

但变化也很明显，思嘉从此不在我家过夜。虽然我们只在非工作时间的光天化日下约会，我却属于她两栖生活中的阴暗面。首先就是不能一起见人。有时赶上她情绪不错，也会讲解一下她在社交媒体上晒出的那部分生活，从家庭背景、购物活动到假期安排，只是这类信息常有抑制性欲的副作用，至少对于我这一方。考虑到这层因素，她逐渐对此有所保留，而我又开始觉得她对我不像从前那样坦诚。

不管怎么说，我活着就少不了她，何况还有太多对她心存感激的地方。就算我有狂犬病，也不会去咬那只喂过我的手。于是我们之间的麻烦即便升级，也没超出过茶杯风暴的程度。不止一次，她在约好见面的周末玩失踪，到了下周办公室再见，在她身上常会多出一件我没见过的小饰物，身上辐射出的气息好像来自另一个星球，我明知道她刚在另一堆篝火边上取过暖，但只要她告诉我爹妈或者自己病了，或者去外地或外国做采访，我都会不容分说地予以取信。

直到有一天，她又一次取消我们好过之后的例行晚餐，说必须要陪未婚夫拜见一位要人，我终于不顾脸面地上纲上线起来，指责她不能洁身自好，专和窃贼蠹虫沆瀣一气。

“窃贼？你一个叫花子有什么资格说我们是贼？”

听听！听听！我一下被噎住，要不赶紧装个心脏起搏器，整个人都不好了。她的这番话，尤其是那个“我们”，就像斗牛士手里耍的那块红布，在我眼前飞来甩去的，就算我想不急都不成。我把手上的咖啡杯摔得粉碎，感到内心就要突破肉身的极限，膨胀成绿巨人浩克之类的大号怪物。而在思嘉的眼里，经过泪珠的凸透镜放大，我肯定就是一头哥斯拉。

她摔门下楼。我隔着挂在窗外的斜雨，见她钻进一辆出租车，随即淹没在街上的车流中。一道闪电蛇形划过，接着是一个炸雷，楼下汽车的防盗器响成一片。耗耗蹲在老钢琴上，一言不发，耳朵往后背着。我跟他说对不起，是我失态了。

“老爹，”小家伙瞧着我嘟哝，“咱们是该有点儿钱了。”

“儿子，这事儿哪儿那么容易呀。”

“耗耗想去做卡通。”

“啊，你没发烧吧？”我摸摸他的鼻子，挺凉。好，先看看他小心眼儿里打什么鬼主意。我又想起最近有一天他跑到楼下，和邻居家的猫一起看了一部卡通片，回来后就坐在一边发愣，时不时还偷偷看我一眼。当时觉着有点儿怪，可也没多想，原来他想进演艺圈已经有些日子了。

“老爹，郑阿姨不是去美国了吗？您干吗不求她把耗耗也给办过去？好想去找迪士尼去。耗耗这样的素质，不是最适合进好莱坞吗？这样的人才他们不愿意用吗？您说是不是？哼，咱们要是当上卡通，肯定比米老鼠他们全都红，然后挣好多好多钱，好养活您。”

“你这孩子，歪点子倒是真多，靠你养活可不敢指望。”

我有一搭没一搭地听他瞎掰扯，甚至懒得告诉他迪士尼早成古人了。可转念又一想，既然小家伙有这份志气，就别没事儿老打击人家了。再说，穷人家的猫除了当卡通，还有什么法子能过上好日子？我答应以后替他问一下，但是结果打不了保票。

“老爹，您好好哎。赶明儿我保证好好孝顺您。”

跟耗耗一阵瞎扯，思嘉煽动起来的坏情绪降温不少，可要说一扫阴霾，那肯定不是实话。总有一种幽闭感让我忍不住想要出逃。我把电视调到卡通频道，告诉耗耗自己乖乖在家等我回来。

我在楼下附近一家小饭铺吃了些面条。那里的东西咸得让你蛋疼，非大量输液不能缓解。既然吃得寒酸，我觉得在喝这件事情上对自己大方一点，而且不想独饮。想起需要找人了，才发现手机忘在家里没带出来，只好问街上哪儿有投币电话。好不容易找到一部，还是早就劳损成了老虎机的那种，只吞钱，不接线。最后我跑到居民区里的一个自行车存放处，借用那里的传呼电话。

我下意识拨了一个号码，随即发现那是郑琳琳家，便马上挂掉。所幸她去了美国，要不，我真不知道该怎么向她解释现在和思嘉的关系。一想到这里，我就觉着自己真是挺扯淡的。

下一个号码是苏菲的。她我也有些日子没消息了。上次还是春节前托她打听永红的下落，结果再没下文。眼前顾不了这些，那些事我会自己去查。听见电话里是我，苏菲还挺高兴，说她正在“白垩纪”忙着，要是我愿意，可以去餐厅找她。想起那里远在一小时以外，我稍一犹豫，最后决定还是冒雨跑一趟。

# 三十六

见到苏菲已经是一小时后。我推门走进“白垩纪”，见她刚刚把两扎啤酒端给一桌客人。她见我进门，接过我手里还在滴水的雨伞，一面问是什么风把我吹过来了。还没等我开口，她自己就先有了结论，问我是不是让什么人给甩了。虽不中，亦不远矣。

我说雨天烦得慌，就想找个人喝一杯。一听说是我请客，她说过一会儿会有人过来顶班，让我先等她忙完。她穿一条工装超短裙，白色长袜上印着草间弥生那种玫瑰红波尔卡圆点，还有一小片口香糖泡泡的鬼魂沾在她嘴唇上。这些都没问题，可我就是觉着她身上哪儿有问题。仔细又看了一阵，发现问题出在她戴的美瞳上，闪着狼眼的星芒。

“别老这样盯着人家看，成吗？今天没擦防晒油儿。”

好吧，算你赢。北京口才好的姑娘，怎么全都让我给遇上了？

等她交接完店里面的事，我已经喝了两杯说不清什么牌子的散装啤酒。在酒精的作用下，情绪略有回升。我环顾这间一度熟悉的店堂，发现多了不少毫无照明作用的红纸灯笼，还有其他一些零七八碎，取代了我原先设定的简素氛围。随他们的便吧，反正给我的钱一分也没少。

苏菲建议我们挪个地方，去邻街一家新开的酒吧坐坐。有个来北京找市场的香港唱片商，在那儿召集音乐圈的年轻人聚会。

苏菲领我去的地方叫“都柏林人”，一座老红砖楼的底层，格调比左邻右舍高出一大块。她告诉我说，这里的老板是个爱尔兰音乐迷，北京不少同好经常来这儿享受折扣。我刚一进门，就先看见墙上那些名人画像，从王尔德老师到柯林斯上校都有，唯独没见着乔伊斯，这跟店名有点儿不符。音响里正在放 U2 的老歌。

我们选了一个靠窗的位子坐下，外面的雨已经停了，很多人还没收起雨伞，远远看过去，就像一大片湿淋淋的蘑菇。这是一个只在夜间，也只为夜间存在的街区。沿路走过去，满眼都是“茉莉花”“巴黎的秘密”之类的店名，就像日本一些城市里的情人旅馆。那些站在门外抽烟的，有不少是外国人。花花绿绿的灯标辉映下，好像舞台上戏彩斑衣的滑稽人。

周围没有几桌人，显得有点冷清。苏菲告诉我高潮还得等一阵，到时候就真有热闹瞧了。然后她又解释说，上次我打听“恐龙女生”的下落，其实她一直没忘，只是整个事情不知道怎么才能说清楚。人肯定是没有任何消息，问题是她的老板，也就是当初约稿的出版商，也帮着查过她的书稿，可连一点影子都没有，就像从来没有存在过。

是啊，当初关于永红的一切，我也只是听过她的一面之词。我和她之间唯一的共同关系，也就是这个退役书商三儿逼了。一提起她，苏菲来了八卦的兴致，说她们店的老板最近要办喜事。不就是结个婚嘛，关我什么事？可她坚持要我猜是跟谁。我又不会算卦，怎么可能知道。

“就是那回你在我们店里见过的那个女记者，长特漂亮的那个。”

“长特漂亮的哪个？”

“别给我装，你还老盯着人家看呢。”

“你是说郝思嘉？”

我咬着牙问完，忍着没让嘴里那口血吐出来，然后假装谈笑风生。音响里的音乐也变了，忽然放起 Bananarama 的老歌《我听到个谣言》。这个音乐貌似不太爱尔兰，因此我又要了一杯吉尼斯啤酒做平衡，一口灌了进去，脑子里全是思嘉在三儿逼那一身肥肉里游泳的画面。

“多谢占座！”我听见背后有人喊，随即旁边那个椅子上就多了一个人。

我扭头一看，是个剪板寸的姑娘，年岁和苏菲相仿。我朝一边挪挪位子，让出一些地方。更多的椅子很快插进周围，晚会开始预热。坐在这帮卡通款的小孩儿中间，我就是一异类。他们活着就是招人注意，我的职业却是老老实实当听众，然后帮着别人招惹注意。也许我不像他们那么虚弱，要不就是不像他们那么年轻。我内心的不适感是个危险信号，提醒我正面临人生当中最为黯淡的一幕。

“交上正经男朋友了？”一个剃了光头的姑娘经过我们这桌，酷酷地和苏菲打了个招呼，然后飘到屋子另一端，拿起台球案子上的球杆。苏菲告诉我这姑娘新出了一个专辑，原本以为可以就此名列星班，可发行数据一出来，发现还得回去接着当她的酒吧驻唱，自信心颇受打击，结果就成这样了。

“天底下哪儿有那么多真长了耳朵的。”她兔死狐悲地甩了一句，啤酒杯往桌上一顿。

几滴暗色的酒液溅洒出来，在桌布上不规则地延展，像一群畏畏缩缩的小章鱼伸探触手。我有一种被人沉到海水深处的窒息感。酒吧里的人越聚越多，有几个就挤到了我们这一桌。他们和苏菲都有或深或浅的交情，分享的也全都是音乐圈里的八卦是非，不时夹杂着彼此之间，说不清真心假意的彼此调侃和攻击。不难听出他们共同关心的是什么，可类似信息知道再多，也不能帮他们靠近那块向往中的蛋糕，只能变成一群抱团取暖的刺猬。

苏菲介绍说我在媒体做事，随后我能觉出周边的邻居们开始把我设定到目标听众范围。可他们翻来倒去的那些信息，对我来说真的什么卵用也没有。我沉吟微笑不语，一面快速喝着啤酒。反正也是为了这个才出来的，同时还能给陌生人制造一点豪放派的假象。至少我不想让苏菲因为我，在圈子里背负骂名。

我只记得周围越来越热闹，好像所有人都淡化成影子，再进一步稀释成一片交杂的语音。随后的某一个时间点上，那天的付款人在现场露过面，因为很多人面前出现了很贵的烈酒。苏菲把我丢在一边，加入到另一群人，闲聊很快变成争执。她好像差点儿还跟另一个姑娘打起来。这边厢，几个小男孩坚持教我划拳，口述了几条要领之后，就要开始对练。我像一个没打过几枪的新兵，被督战队押赴沙场去当炮灰。

游戏的结果是越输越喝，越喝越输，再恶性循环。输掉受罚的一方会被强灌一种混合酒，叫深水炸弹。几轮攻击之后，我已经成了千疮百孔的潜水艇，但仍然挣扎着浮上了水面。于是结果更加糟糕。

第二天醒过来的时候，我发现自己侧睡在一张长椅上，然后是一阵剧烈的口渴。再然后，才是那个更关键，也更扯淡的发现——这是一间审讯室。我在这里面被关了一整夜，显然。正要发出一声铁屋里的呐喊，但马上就忍住了。我知道那没用。

那天直到将近中午，我才被提了出去。警察说有个同事过来赎我。转弯抹角到了接待室，看见外面等我的竟是思嘉。我突然一阵感动，有一种找到组织的感觉。我们在文件上先后签了字，然后去街上叫车。到了外面，她扬手正要往我脸上抽，挥到半路又停了下来。

“幸亏今天不用上班，”上车之后她跟我说，“否则还有其他麻烦。”

“你怎么会知道？”

“是你自己打我手机，怎么全都忘了？”

想必是半夜大醉，飞到外太空转了一圈，记忆全都丢在某个星球上了。我跟她说对不起。这种失态的事，让我也很丢脸。她突然把头靠在我肩上，哭了，说她知道很多事对我并不公平。我因为身上不干净，没敢碰她，长吁短叹了一阵，问她我到底干什么了。

“你自己都干了什么，还来问别人？”

她说警察告诉她，我半夜在马路边上拔起一个公交车站牌，当成旗子乱挥，折腾了一阵，又扛着进了旁边的一条小巷，一辆进站的夜班车跟在后面，差点儿没开进去。讲到这儿，她忍不住破涕为笑，说你丫就是一混蛋。

估计就在同时，耗耗在家也正骂我混蛋，心里头没准早把秘鲁全国的羊驼名额都用光了。

# 三十七

为了那天我进局子的事，思嘉动用了一些关系，算是没在公司那边留下后患。不仅如此，我很快过了试用期，还从一个总编室校对员都不多看一眼的讣告佬，加入到正规的文化组，不过案头工作还是我的本职，其中主要部分也还是为资深员工提供翻译资料。

过上一份朝九晚五日子，我也是在几个月之后才习惯的。我对这一变化的态度大体积极，毕竟很多材料自己平日里也要浏览，现在有人还为这个付给我几个小钱，把这些信息分享出去。当然也不是什么都能拿去分享。和以往最不一样的是，以前关心的事情大多不出个人兴趣范围，现在还要留心同业的动态，不但留心，还有掌握区分真伪虚实的能力。没过多久，我已经把自己改造成一个整天耳朵贴在地上，监听鬼子列车的侦察兵。

新的时间表也给我的猫造成一定的影响。以前耗耗模仿我的样子，坚持一日三餐的节奏，可是现在，我也只好为他做思想工作，逐渐习惯把早中两餐合并成一餐。不是那种 brunch，否则我上班会迟到，而是早餐多吃，中餐免除，晚上再想办法给他补偿，包括猫食由国产改进口。虽说这样对他没什么不利，可他还是借题发挥，大谈条件，比如要求我每天早起第一件事，就是哄他，赞美他。

万一赶上回家晚了——下班后应酬一下，也是时有发生的事——他会找出每张有字的纸，用爪子挠得乱七八糟。万一出门之前忘记换猫砂，他就会改成在电脑键盘上撒尿。总之吧，他最擅长的一件事，就是这么给我添堵。有一次把我惹毛了，把他关进厕所，禁闭了一天。听他在门上连抓带撞，用他天然的母语扯着嗓门大骂，我心里十分不忍，可教训就是教训，不能有丝毫的折扣。

在办公室里，我继续和思嘉假装不熟，每次迎面走过，点头微笑之后，就各自绝尘而去。有时候我也怀疑，这样会不会显得用力过猛，把戏做过了。有时候看见她半是调侃半是撒娇地和公司头头们说话，总有一种错觉，就像隔着玻璃观赏橱窗里的活动偶人。

随着活动范围扩大，我开始在其他场合遇见她。场所变了，原则却始终如一。有个周末，我被喊去参加一个非正式的艺术展，刚一入场，就看见思嘉正在门边一张台子前俯身签到。那天早晨我们通过电话，但谁也没提过下午的安排。尽管相对都有一点猝不及防，但也仅限于表情瞬间的一变，然后各自去找自己认识的人。

这地方以前只是听说，但从没来过。这是一个所谓的后工业空间。其实就是一座旧厂房，因为生产线外迁到成本更低的地方，这些老派但是坚固的设施被重新定义，改造成新式文化或者信息产业的孵化场，万一成了网红，还能吸引游客。总之，我就置身于这样一座略带蒸汽朋克腔调的五十年代水泥建筑，铁框换气窗都是德绍包豪斯那种样式。

现场张挂出来的作品五花八门，其中一组设计成不同款式的旗幡，就像到了联合国门厅。其他展品大多类似七十年代苏联恶搞社会主义现实主义的政治波普，还有记不得谁画的中国空军的米格飞机，全部黑白油彩，就像格尔哈特·里希特画过的“喷火”“鬼怪”战斗机。

到场各路人士基本可以划归一类，就是往来于京城各个装逼场所的寻酷族，既有本地人，也有外国人，还有不少移居帝都寻求发展机会的外来自由职业者。他们大都喜欢被外国人请到家里聚会，最好还能引起新闻记者的兴趣。我手上没有基金会，也不为《纽时》《明镜》撰稿，所以一路溜着边走。走着走着，就又撞上了思嘉。她正和一个瑞典外交官讨论中国人获得诺贝尔奖的前景，交流得津津有味。总之，她属于那种不论何时何地，浑身上下同时开着几台小雷达那一类，否则怕也当不成记者。

我蔫不唧地离开，转了一圈，最后发现除了收到几张名片，也没什么可以聊上几句的人，干脆跑到餐台开吃，什么国际交流、外事纪律、国格人格，全都顾不上了。正好旁边有个老外也在那儿吃，还给自己满满倒了一杯葡萄酒，于是朝他点了个头。这人蓄着山羊胡子，有点像老电影里的俄国无政府主义者。他说出一个中国名字，我没听明白但又想假装懂了，却没成功。他承认自己其实不会汉语，虽然学会了用筷子吃饭。我对后一点表示了祝贺。

英语自然成了现场的通用语，虽然对于双方都是外语，英美人都未必能懂我们在说什么。然而我们的对话很快吸引到一个参加者。这个新加入的眼镜男一听口音，就是一个台湾的“男孩纸”。所谓加入，就是不停纠正我的英语发音，我每说两句，他就把我刚念过的某个词，按照他认为的正确读音再重复一遍，虽说那个老外也没比我强到哪里去。

我没打听老外的国籍。他介绍自己效力于一家我没来得及上网查访的杂志，长期住在北京，写过一本关于中国的旅游书。北京、上海这些年聚集了不少经济来源不明的长期暂住人士，表现出某种程度的文化多元。就算买不到几个国家的报纸，至少还能找到好几十个国家的餐馆。不管怎么说，在这儿过一份波波族的日子，在外面吃饭，跟艺术家厮混，成本到不了伦敦、纽约的一半。假如手里的货币坚挺，那就更好。

那天聚会的高潮，是一个四川诗人朗诵他的新作。我只记得其中一句：

我瞪大睾丸，
俯视脚下的凡俗世界。

# 三十八

回家上楼走到一半，遇见耗耗从他常去的那家的猫门钻出来。

“老爹抱。”

好，抱。

掏出钥匙开门的时候，我问他在朋友家都做什么了，他说和小灰一起看卡通片来着。

本来鼓励他平时交个猫朋友，是为了控制一下他自我拟人化的习惯。结果俩猫泡在一起，相互比着谁比谁更像人，追各种时髦。我不知道那只猫有没有学会说人话。隔壁单元还有一只长得跟加菲猫 Garfield 差不多一大胖橘猫，没事也跑过来找他们凑热闹。

那段时间我不怎么愿意耗耗出去混，尤其是到楼外面去。

其实我也不是一直都那么保守，实在是有些情况防不胜防。有一天中午正忙家里的琐事，听见门铃响，赶紧跑过去。开门之前先从猫眼窥镜看了一下外面是谁，结果看见的是在透镜里变了形的耗耗。

我打开门，一个不认识的人，右手攥着猫脖子后面那块软皮，出示警徽似的举到我面前。我一看火了，想要挥拳，才想起这孙子手上握有“猫质”。他说耗耗溜到他们家，偷吃了他养的金鱼，还说品种特珍贵什么的一堆屁话。

“撒谎！”耗耗大叫，“耗耗没去过他们家。”

我相信他说的，可一只猫的证词在警察那儿是没用的。最主要的是不能让他再出什么事。我掏出钱包，给了那人一百块钱，告诉他就这么多，再要闹事，那就陪着玩下去。他假装盘算一阵，把猫放下，拿了钱下楼走了。都说兔子不吃窝边草，吃饭的地方不拉屎，也不知道这路人脑子都怎么长的。

我住的这个小区没落不止一天两天了，各种衰佬越来越多，包括我自己。

那天回到屋里，觉着耗耗神色有异，不知道又出什么事了。我问他是不是跟小灰闹掰了。他说没事儿，就是看了一部特好的电影。问他们看的什么，他告诉我是迪士尼的《幻想曲》，说完继续出神。我去厨房弄晚饭的时候，他跑过来拉了一下我的裤脚，问我和郑琳琳阿姨提过他的事儿没有。

他这一说倒是提醒了我，前些天郑琳琳来电邮，说她领到临时绿卡了，也办好了离婚手续，准备之后回一次北京。当时还想着去哪儿给她接风，后来手上有急稿要写，就把这事忘了。

“郑阿姨过些天回来，你自己跟她仔细再说一遍吧。”

“干吗要耗耗自己说呀？”

“表现一下你的口才呀。”

吃完晚饭，我正往澡盆里放热水，准备好好洗一次澡，耗耗死缠烂打把我往钢琴那边拖，非要我给他弹保罗·杜卡那首《巫师的小学徒》。我拗不过他，只好坐到琴凳上，多年没除过锈的指头在跑调的琴上，磕磕绊绊地弹。也不知道他从哪儿翻出个一头尖的爆米花筒，停在头顶上，像电影里的米老鼠一样手舞足蹈起来。

我们这边正热闹着，突然听见外面有人敲门，当当当当毫不客气，就像警察跑上来抓人。我打开门一看，是楼下的邻居，说我家漏水，已经渗到下面去了。我听了赶忙冲进卫生间。澡缸里的水早都溢了出来，流得到处都是，就像音乐里的小巫师魔法失控，引发的洪水。

# 三十九

见到我之后，郑琳琳认真问起的第一件事，却是关于思嘉。我也明白她们之间闺蜜多年，互相倾诉的话题早已深入骨髓，可是这份私情毕竟秘而未宣，难免觉着被逮了个正着。这会儿我们坐在三里屯的一间书吧里，窗外的路面积了不少枯叶，好像行道树换季时，脱落了很多羽毛。

"她度蜜月去了。"我知道这样搪塞不大好，可一时想不出更合适的说辞。

"那是你们俩的事。"郑琳琳听了一笑，口吻神态当中，都有一种从前没有的世故。

"其实我很认真，"我最后改了口风，"我是说对她。"

"这我看得出来。"她端起咖啡，喝了一口，"我还能看出今天你想说的不是这件事。"

我又是一愣——这姐们儿出了趟国，好像一下成精了。

“上次你不是说耗耗想去美国吗？”

“都是小家伙瞎想，”我突然发现很难进入正题，“这事能靠谱吗？”

“美国仍然是一个能把很多不可能变成可能的地方。重要的是他自己做了哪些准备。”

这话说的，真是好牛，好有 sense。

自从上次对郑琳琳提起这件事，我就开始有意督促耗耗学英语，从每天看原版美剧开始。他也一直表示一定努力学，还说某某某某阿姨就是因为能说英语，才能在好莱坞站住脚的。道理他懂得比谁也不少，可就是心里面老长草。我还准备请一位老票友教他一点儿京剧基本功，将来也许用得上。要是托不着关系，那就只有才艺选秀这一条路可走了。谁知道天上哪块云彩有雨？除此之外，还有什么气功、针灸、烹调之类的，全都应该学。万一进不了演艺圈怎么办，总得生存对不对？我也隔三岔五地检查他的功课。

“天文台为什么建在高山上？”

“离星星近呗。”

“船为什么能浮在水面上？”

“因为，因为船比水轻吧？”

"Who are you?"

"I is Haohao. I is boy cat."

# 四十

耗耗的宏伟梦想是加入迪士尼的团队。可问题是人家的事业可就建立在一只老鼠身上，他一只猫跑过去混，恐怕十分不妥。虽说耗耗品貌出众，说学逗唱，文武昆乱不挡，可做这一行要的是有星运，才貌都在其次。

在这件事情上，郑琳琳倒是比我更有信心。她认为机会都是自己创造的，耗耗虽说是猫，但是生活态度积极，有正能量，可惜我身边摆着这么好的一个榜样，就不知道虚心学习，浪费了大好机会。对她来说，大不了就是替我养猫而已，没什么大不了的。我忙点头称是，茅塞顿开，受益匪浅。

问题是这小子还没飞到美国当明星，这就已经开始折腾起来，学着电视卡通片里的样子，整天弄些幺蛾子出来。虽说都是入门级胡闹，但已经是鸡飞狗跳，沸反盈天了。整天他不是把脖子转成麻花，再像松开拧紧的皮筋，脑袋像旋翼一样转，可惜没长出兔子耳朵当旋翼；要不就是点着我的香烟，插进一边的耳孔，再让烟从另一只耳朵冒出来。更折腾的是他像壁球那样，身体在屋子的四壁之间飞过来弹过去。

“你这一套，在中国不是一样能玩儿吗？”我仍在试着让他留下。

“可您什么时候看见咱们这边用猫拍片子？”

过了几天，我照规定抱小家伙去指定医院做体检，注射疫苗，开检疫证明。

“不打针，爹，耗耗害怕！”这是耗耗第一次进医院，吓得拼命往我怀里钻。

除了这些例行的手续之外，孩子出远门，总要带点丝绸蜡染布唐三彩京剧脸谱什么的，出去见人还能当礼物，还有他从小爱吃的爱玩的——又得上街排队去。其实我也知道现在全球化了,大洋那边什么都不缺,但物离乡贵,总是份心意。再说这些东西即使他们那边有，也得算外国货。有时候这东西，越是民族的就越是世界的。

折腾完这些琐事，最难过的时刻也就到了。去机场那天，耗耗在车上一路搂着我的脖子，爪子快要掐到我肉里去了。

“爹，回家，耗耗不想走了！”我知道他说的是心里话。

出发大厅人头攒动，有去香港旅游的，有去日本留学的，还有去麦加朝圣的，走走停停、点点闪闪地像蜈蚣两边的脚。

“放心去吧。到了那边好好争气。”我理理耗耗的毛，然后把他放进旅行专用的猫笼里，交给郑琳琳。这也是我在同一个地方第二次为她送行。她和我拥抱了一下，拎着笼子进了候机厅。小家伙一路回过头看着我，脖子下面丁零零地响着那个我送给他的铜铃铛。

那是上回过年买给他的礼物，上面镌着“福”字。当时还想给他改名叫来福，可他不干，说他自己没那么老土。送给他的时候，我要他把眼睛闭上，不许偷看。可他呢，皱起小鼻子，俩眼使劲眯缝着，在那儿假装没看。一想到这儿，感觉就像眼前爆了一枚催泪弹。

耗耗这一走，给我的生活留下一个大窟窿。很长时间里，我一直恪守猫在不远游的原则，从不自己出远门，把他留在家里。现在倒好，我自己混成了留守人员。不管多小的一只猫，少了他，公寓立刻变得一片荒凉，黑洞一般吸光了我的全部生活乐趣。

洛杉矶给耗耗的头一份惊喜，是满街的松鼠，于是爱上户外活动。郑琳琳因为还在读书，需要和别人分租房子，很多事情都要小心处理，不能像在家里那么任性。中国移民聚集的路段——626 开头的电话号码说明了这一点——大体上算是安全。她还帮他找了一份工作，在蒙特利公园的一家茶餐厅打工，帮老板抓耗子。耗耗不会抓耗子，但功夫不行威势在。猫声一起，鼠害便泛滥到邻街去了。

生活本身就是这幅操行，除了眼前的诗和情怀，还有远方的苟且。蹲过移民监你就会懂。我跟他说要注意安全，与人交往一定要慎重，就像所有那些唠唠叨叨的家长。

有一天晚上我做了个梦，梦见耗耗被老板叫去送外卖。小家伙戴着破皮球做的保护盔，后面拉着小拖车，挨门挨户给周边上班的人送便当。一个玩滑板的小王八蛋经过，直接就把微型食物输送车给撞翻了，还掉了个轱辘。回去之后又被老板骂。

这件事他在电话里告诉过我。当时我听了就劝他，实在太难就回来吧，咱不受那份洋罪。我听见他在另一头抽泣了一阵，然后说，不。说到最后，还是对他好的人更多。

离他打工那家餐馆不远，有个老太太喜欢吃中国饭，叫柳德米拉，每隔几天会去买便当，一见到耗耗，就特别地亲。据说她是从一个特别远的国家来的，叫苏联。她年轻时候住的地方，有个大原子发电厂，后来爆炸了；她们一家人，除了她自己全都死了，还有她的猫，从照片上看也是白的。我知道那是普里皮亚季，当年有一座切尔诺贝利核电站。

慢慢地混熟了，米拉大婶还带耗耗去过她自己家，给他念小说，弹钢琴。她是个犹太人，喜欢看书，小时候还学过芭蕾舞，但是后来的生活太艰难，只好放弃了。除了郑琳琳之外，那是他唯一能说话的人。那些餐馆里的同事都不讲普通话，而他又没学过粤语。只有老板娘说英语，管公鸡叫man-chicken，管母鸡叫woman-chicken。这一下就好多了。过了没多久，他还记住了一点俄语，哈拉哨、斯帕吉达之类的。

后来才知道耗耗还做过很悬的事。那是他刚开始打工不久，有一次洛杉矶警署接到报警，说下城金融区的一座大楼被极端组织安置了炸弹，威胁政府释放他们的在押同伙。人员疏散之后，警方大致确定爆炸物位于密集的管道之间。由于通道狭小，警犬进不去，微型机器人的电池待机时间又太短，拖一根电源线可能随时被卡住，最后只能找体格更小的动物。

整个事情闹得很大，耗耗当时就应征了。当时他在一家马戏团跑龙套，想转成正式员工，但没被管理方接受。开始他给一只顶球的海狮当助手，关系处得不错。他管那个陆上不良于行的师傅叫爷爷。他管所有长胡子的都叫爷爷,从小就这样,倒不是那只海兽真有多老。后来他抓住一个出头的机会，趁着班子里的飞人受了伤，临时接替了他的位子。

耗耗表演的节目，就是被一门道具大炮抛射到场地的另一端，同时沿抛物线飞行半路上，翻几个跟头，做些怪样。等在另一边的大象，会用长鼻子头上的两个肉突捏住他脖子后面的皮领，再轻轻卷起他的身体，放进旁边的一个花篮。然后是观众台上小朋友们的尖叫欢呼。

很受追捧的一个节目，而且出自一只猫的创意，可老板就不肯承认他的贡献。非但如此，还有一只比他个子大的猫老欺负他，有一回见他表演后腿站立的节目，那厮皮笑肉不笑地说他 vertically modest。意思您自己翻译去吧。痛心疾首之下，小家伙有了铤而走险的念头，还打算报名去当实验室老鼠。反正耗耗的意思就是老鼠。

一个特警大叔把耗耗抱过警方拦设的黄带封锁线，技术人员在耗耗头上固定了一盏小灯，还有一只微型摄像头。他要搜索的通道完全没有光线，即便对于猫眼也是盲区，总不能让他单靠两撮长胡子探路吧。他在管道之间的间隙里摸索了很久，直到头灯的储电耗光，也没能确定炸弹的位置。他只能屁股朝后，退着回到原地，换了电池，重新返回工作。等他第二次沮丧地退回原地，负责危机处理的专家才意识到问题所在——除非用另一只猫，才能把炸弹安放在一个只有猫才能进入的位置，而这也太扯了。

不管怎么说，已经瘫在地上的耗耗还是被等在现场的记者包围了。等他终于缓过来，一个向电视观众报道现场进展的漂亮姐姐手持话筒俯下身，问这只刚刚有过勇敢表现的移民猫都有什么感想。

“耗耗要做卡通。”小家伙一脸懵逼地回答。

耗耗成了网红。几天之后，便受邀参加一个娱乐圈的聚会。

那天他还带着排险的时候，用胶带固定在头上的小灯。这倒不是为了作秀。事件平息后，技术人员想尽各种办法，想要帮他拿掉那个沉甸甸的头饰，可即便用了有机溶剂，还是有不少长毛粘连在胶合涂层剂上，一扯就疼，只好等它以后自然脱落。

耗耗鼓起勇气，当着众人唱了韦伯的音乐剧《猫》里那首“回忆”。要是换了人类来唱，还要换上猫装，可是作为一只真正的猫，这些就全都免了。那天他过于紧张，一首歌里居然两处忘词，只能哼哼曲调，可最后还是融化了不止一颗平时未必多慈悲的心。

他终于有了经纪人。

# 四十一

耗耗没能当上卡通，可好歹也算混进了演艺界。

真要说起来，本人也算有过一点先见之明。有一天去楼下，在书摊上买了一本算命书。耗耗属龙，照书上说这年该有一步好运。果不其然。

小家伙这段时间的发展，让我又盼又怕。盼的是他早日发迹，一偿夙愿，万一记得他爹，说不定连带我也能沾点光。至于说怕，主要是怀疑他红了之后，是否还能不忘初心；那种圈子可是个大号染缸。这不，他跟那些人才接触了几天，就已经改了洋名儿，叫 Tony。况且，即便一切如初，他又会被捯饬成什么样？说不定最后连我都认不出来了。

事实很快证明，是我想多了。虽说上过电视，又和经纪公司签了约，就凭耗耗那点名声，再怎么维持，也超不过安迪·沃霍尔说的十五分钟。一切还得从基层做起。他的英语并不流利，口音也重，只能扮演对白减到不能再少的角色，比如情景喜剧里的家庭宠物；偶尔也有机会在连环画里出现（可惜不是我画的）。后来口语有了进步，又去给一个脱口秀大叔捧过几次哏，但也很快不了了之。

除了语言方面的缺陷——甚至妨碍他给一些出了名的猫星做替身——耗耗还有一块短板，就是长相过分呆萌。在一个坏小子当道的时代，这一点非常吃亏。从这些年的恐龙片就能看出一些端倪。虽然古生物学界早就证明兽足类恐龙长满羽毛，可在银幕上，它们永远摆脱不了爬行动物的冷血造型，生怕毛茸茸的看着不酷。

耗耗自己也很着急，整天想着改头换面，头顶的短毛也用定型发胶弄得一撮一撮朝上翘，看着像一把板刷，还把嘴巴子两边的长毛修短了，结果弄得不伦不类。

帮他完成第一步跨越的，是一个酷爱日系漫画的年轻独立导演。他坚信卡哇伊式的形象，完全可以找到更大的市场，问题是如何改变业内的偏见和惰性。在一部流行小说改编的低成本侦探片里，他让耗耗演一只帮着女主人侦破凶案的猫。该片虽未大卖，却在几个二三线电影节上接连获奖，让导演一步登上火箭发射台。资本开始记住他的电话号码，猫也顺带成了受益者。

由于耗耗的原因，我也间接得了不少好处。他的位置尽管边缘，可对我来说已经是中心。他几次帮我先于对手获得业内急于打探的好莱坞动向。我指的倒不是那些明星八卦，比如某某意外婚变,某某在马里布海滩花多少钱买了哪栋豪宅之类。国内读者关心的，是那些和中国沾边的事情。有一次耗耗被导演抱去参加聚会，遇见一个电视上见过的武侠姐姐也在场，然后告诉了我。经过美国联络人核实之后，我们率先曝出一部中美合作大片的消息。接着我托耗耗再帮一个忙。

当时国内一本小说正被热炒，不止一家媒体在书评中，透露该书被美国人买下电影版权，不日即将搬上大银幕。我问耗耗能不能打听一下消息是否属实。于是他就去问经纪人，能不能在那个讲中国的新片里拿到一个角色——耗耗可是讲中文的哦。经纪人听了之后，说没这回事；就算制片人买下一本书的摄制权，距离真正拍电影也还差着十万八千里呢。

靠着耗耗这只鼹鼠，我在公司里的地位从此不可同日而语。其他媒体开始找我谈条件，希望加入他们的团队，价码也越来越超出理性。作为一个脑筋不算差的 Homo economicus，我无法接受他们的好意。这倒不是说我这个人有多脱俗，而是理性告诉我，别人对于未来业绩的期待过高，不是随随便便就能满足的。但也正是这些挖墙脚的小动作，给我机会表现忠诚的同时，又让老板感受到了压力。我很快转为正式员工，而且有了进一步追求进步的机会。

# 四十二

唯一不爽的人是苏菲，毕竟耗耗曾是她们家的弃猫。所以说，不把猫当人看的餐馆经理，做不了红歌星。

再次见到苏菲，是在她驻唱的酒吧，叫曼哈顿。这份工作报酬不高，得到它却不容易，据说是有人从中说项。那个地方生意很旺，是个抛头露脸的机会。让那个地方闻名京城的，是厅堂的玻璃地板，灯光从下面一打，映现出空中俯瞰纽约中城的图景，脚底下密密麻麻，全是摩天大楼的塔尖，就像过去对付鬼子用的竹签陷阱。

所以我是硬着头皮走进去的。我恐高，就算有谁白送给我腾云驾雾的仙药，我也不敢吃。

我找苏菲是为工作。我们主任认为娱乐明星的负面新闻，仍是媒体的低成本高燃值油料，不管吸毒、逃税、婚变，或是谁有外国绿卡蓝卡什么的，要我尽量多花些心思在这上面。平日和这类人接触不多，苏菲是我唯一的消息来源。好在她本来就爱八卦，嘚瑟跟名人走得近，这也等于无意中爆了料。当然，我从不暴露消息来源，也不直接引用她的原话，只是借别的机会偶尔提提她的名字、在做什么，否则闹得人家没法在圈子里混，那就太扯淡了。从她那方面讲，不时看见自己被公开点名，也有一种传媒圈里有人脉的优越感。大家双赢多好？

当时苏菲在一所艺术学院报了名，去那里的声乐班进修。那里出过不少走红的星级艺人，引得有野心的年轻人纷纷前去拜师镀金，即使没有正式文凭。她在同学里遇见另外三个算是志同道合的女孩，在一个教授的调教之下，搞了一个重唱小组，有一点效法韩流的意思。小组开始取名“四玫瑰”，后来觉着太俗，又改成了“红粉四小仙”，英文 Pink Quartet。

她们的老师很有办法，介绍她们去曼哈顿演出，除了增加露脸机会，还略有些额外收入。姑娘们倒也不算贪心，从没指望大红大紫。她们的理想就是能被推荐到游轮上唱歌，既能赚些钱，又能周游世界，最后再把自己好好嫁出去。我在这家酒吧见过她们两次，每个成员都把头发染成鲜亮的银粉色。

但这次我却一无所获，没能刺探到任何消息，就连苏菲的人都没见到。酒吧经理告诉我，她请假没来当班。既然我们有约，而她临时缺席，肯定出了什么事。我打电话到她店里，当班的是她哥哥。我问苏菲出了什么事，对面的声音迟疑了一阵，直到确认是我，才说他妹妹受了伤，正在医院。哪家医院？他说他也不知道，因为通知他的人说要保密。就在我准备挂断之前，他吞吞吐吐地说，苏菲是被男朋友打了。

她的男朋友我以前见过，漂漂亮亮一个小伙子，印象相当不错。可人类这种复杂的动物，万一脾气上来，哪怕犯个激情罪，也不是没有可能。再说苏菲这个年纪，正是感情不稳定的时候，最近换了新人也未可知。另一方面，职业本能告诉我，这种故事背后一定还有故事，不是钱，就是性。对于一个家里有些资产，品貌也算不错的姑娘，醋海翻波的可能性更大。

我回到楼下，先给主任发了一条信息，通知他刚刚发生的意外，然后独自无目的地乱逛。街道两侧的建筑一律是灰色外墙，芒萨尔式复折屋顶下排列着铁艺雕栏装饰的阳台和窗口。四合的暮色中，人行道光晕迷离，衣香鬓影，逛街的人群鬼影般纷纷出更。这些被现代性敏感驱遣的僵尸流连在豪华橱窗前，就像巴黎人讥讽的那样，默默地舔着玻璃。那道透明隔层冷漠而坦率，向他们昭示欲望对象的同时，又把他们绝缘在安全距离之外。

我又想多了。作为一个从没读过本雅明的游手好闲之辈，我只是没办法确定下一步行动，鬼打墙似的在这片商业区里转磨，同时也在为一个朋友的处境担心。

第二天到了办公室，才知道一个年轻同事早把整个事件的前因后果调查得一清二楚。这件事又是让我一悲一喜。悲的是我发现自己真不是干这一行的材料，喜的是苏菲或许可以因此作为受害者曝光，说不定还能因此出名。

紧接着发现事情并不那么简单。根据调查，苏菲开小差的对象，正是她学声乐的老师。这个人在圈子里小有些名望和人脉，答应帮她争取抛头露脸的机会。接下去的事情，你懂的。正如众所周知的那样，纸最终包不住火，跟她同居的小伙子察觉事情不对，开始尾随跟踪，很快确定了情敌的身份。对他来说，主要麻烦有两点：首先他和苏菲同门学唱，她的老师也是他的老师；其次，老乌龟贼奸溜滑，向她开价之前，为防后患，先要求她实名写给他一封情书，由此杜绝了一切性索贿指控的可能。

小伙子无奈之下，最终还是以师道尊严为重，把女朋友的脸打开了花。

这件事在娱记当中引起了公愤。有个小同事很快查到这位歌坛新秀的一件事。不久之前，小伙子发售他的首张专辑，签约公司报出一个高到离谱的发行数字。几家媒体依照他们提供的通稿，把那个数字当作一个新人的不俗成绩公布出来，并作为市场低迷时期的特别现象加以祝贺。

接下来，这傻小子见到报道之后，居然就把谎报的业绩当成了真事儿，继续传播的同时，还添盐加醋。我的同事替他算过一笔账，按照他说的发行量，营收大约多少，除掉经纪公司的佣金再加各项成本，最后所得应该多少。剩下的部分，就是税务部门关心的事了。再有就是三个当事者的人设，也成了一溜多米诺骨牌。

对于一家传媒公司，这种事纯属小儿科级别。可落实到我这样一个半路出家的记者身上，特别是让同事为我的案子擦屁股，影响就会比较负面。就连当初的介绍人思嘉，也被当成归罪对象。正是这一点让我十分不安。好在事情很快发生转机，而且仍然是靠我的猫。

# 四十三

就在我低调隐忍，等着风头过去时，耗耗寄来一张影碟，还附带一张招贴画。我打开一看，原来是他主演的第一部大银幕电影。我把封套翻过来掉过去地欣赏，强压住心头的狂喜，然而我的异常举动还是没能逃过周围同事雪亮的眼睛。别忘了，按照咱们北京的行政区划，这些人也都算朝阳群众。

我戴上耳机，把碟片插进电脑，厂标过后奏响约翰·威廉斯风格的配乐，接着出现片名：*Once Upon A Time, A Cat In The West*（《从前，一只猫在西部》）。耗耗骑马挎枪，戴牛仔帽，在一片荒野上飞驰，表情夸张到了恶搞的地步。政治正确的时代，传统西部片作为叙事类型早已经衰落，只能用作恶搞对象了。可不管怎么说，这不是个小制作。对于耗耗，对于我，这都是一件了不得的大事。

我把影碟退出卡槽，装回封套，放进上衣口袋里，可没等多一会儿，便又重新掏了出来，就像这件东西会在我的衣服上烧出一个洞。我在办公室如坐针毡，就盼着下班，趁着出去上厕所，连抽了两支烟，一面不住地原地踏步，就像尿没撒干净。

看这样的片子，一定要用好设备，可是我刚刚混上口饱饭，哪儿能买得起？耗耗倒是说过想要一台影碟机，方便看卡通片，可我实在是没钱。那天下班之后，在街上胡乱吃了口饭，也没顾得上先回一趟家，就拿上影碟去敲楼下邻居家的门。过去耗耗就常去找他们家的猫，一起看过不少片子。

“老王在家吗？”伏天，久阴未雨。王家的单元门敞着，只有一道带铜纱的防盗铁门。

“呦，是老李呀，好些日子没过来了。”老王从里屋出来，一边往外走一边系衬衫纽扣，“衣冠不整，失礼，失礼！”

“暑天无君子，大热天来打搅真不合适，今天有点特别的事。”

“请进！”老王终于打开了防盗门的锈锁，“这阵子忙什么呢？”

“是这么回事，我家耗耗最近演了部片子，给我寄来一张碟，可您知道我那儿没有设备，想上您家麻烦一下。”

“嗨，没事儿，怎么不早说，让我们也开开眼？”说着接过碟片，接通家庭影院的电源。“耗耗真有出息，老李坐，这边离电扇近。空调最近坏了，你说现在这东西，到处都是坑人的事儿。慧芳呵，你快着点，楼上老李来了。”

“呦，老李，好些日子没来了，耗耗在美国还好吧？”女主人从洗澡间出来，满头发卷。

“正说他呢，嫂夫人，给您添乱了。”

“老这么客气干吗。耗耗都演电影了？小家伙可真行。”

“老李，来支烟。”老王从抽屉里拿出半盒我叫不上牌子的烟。

我不知道王家夫妇到底做什么营生，总觉着他们都是一副和气生财的脾气，好像很靠谱。老王一面说着，一面在控器上按了一下。机器咔的一响，出图像了。到底是正经片厂出品，光看片头字幕就那么气派，音乐也是铿锵雄壮。

已经改名托尼的耗耗出演一个独行侠，腰挂一把 45 左轮，马鞍后倒插一把七响卡宾枪。美国西部荒漠，满眼都是风化的砂岩、四轮大篷车、未完工的铁路。

有个匪帮头目是一头胡狼，对拦截火车颇有心得。几次政府专列出事，都出自他的手笔。但这次上线开扒失了手，被猫大侠一路追到山崖边。托尼出手如电，一把揪下一根狼胡子，然后伸出弯刀一样的指甲慢慢、慢慢地劈成两爿。胡狼一看碰上了硬茬，赶紧表决心，说他一定洗心革面，痛改前非，准备脱胎换骨做只好狼。

按照类型片的惯例，影片的结尾是那头胡狼背信弃义，重新为恶，终于得到了可耻下场。他跟猫大侠决斗时出枪慢了小半拍，结果被超度倒地。他的鬼魂扇着小翅膀，飞到极乐世界去了。正义终于战胜了邪恶。猫大侠为保卫人民生命财产安全光荣负伤。火车鸣笛，炊烟升起，市镇繁荣，百姓安居乐业。猫大侠跨上黑马，呈沉思状，再次奔向远方。

电影从头至尾，耗耗全程保持沉默，没有一句对白，显然是导演照顾他的英语水平。

“真好，不简单，老李你可真有福气。”

“耗耗有不少见识，还是在您家启蒙的。下次他回来，一定带他过来拜谢二位。”

看片的时候，老王家的灰猫蹲在一边，一直没吱声，直到我告辞的时候弯腰摸摸他的头，才扬起脸来看了我一眼。

上楼往家走的半路，我突然想抽自己一大嘴巴子——你丫怎么能干出这种傻 × 事儿来？！

# 四十四

没过多久，北京开始流传关于耗耗的小道消息。他再也不是一只苦逼的膝下宠物了。他成了一只真正的猫，一只形而上的猫，或者什么猫也不是。他要独自面对自己的新生活，明星的生活。

那天晚上，我给自己倒了一杯酒，然后又是一杯。我回想起那些年的很多事，写呀画呀，最后唯一像个样子的作品，竟然就是我的猫。这是一种多么失败的人生？可人生不管失败成什么样，总也有它不妨一过的时候。起码不会永远那么失败吧。

于是我又忙了起来。先是公司上级的态度再次阴转晴，接着一些画廊也发来参展邀请，过去一些砸在手里的方案和半成品，如今也都有了继续完成的机会。也倒也不算什么，毕竟漫画才是我的主业。尝试更加物质化的表现媒介也有了可能。给我这个机会的，就是当初把我除名的母校。

我受邀制作了一组室外雕塑，依照北斗七星布列的七个水泥半球，展放在校图书馆门前。楼上就是我拿着望远镜，窥视前女友永红游泳的地方。我在露出地表的球面画上嬉皮笑脸，做出各种鬼脸的熊猫。我用该星座的西方叫法 Major Ursa，给装置起名“大熊（猫）座”。出入大楼的学生们，发现可以在平缓的弧面上或躺或坐，整个环境也加入了一些逗逼元素，很快聚起不少人气。

最出乎我意料的，是一家少儿补习中心把我定义成幼教专家，盛情邀请在他们的平台开课。由此不难看出，爱猫及吾的认知错位严重到了何等程度。本人这么一不学无术的东西——比学而无术的文科知识分子略强？——竟被认为教子有方。如此发展下去，宠物培训也会敞开大门，连一声芝麻开门都不用嚷嚷。这是把把都要和牌的节奏呀。一种狡兔三窟的窃喜在我心中油然而生。那阵子我每天上班都穿印着耗耗头像，和 I ♡ Tony 标语的 T 恤。

这些机会带来的最大收益，主要是心理方面。至少我不会整天再为思嘉的事痛心疾首。

# 四十五

婚后的思嘉从采写转向编辑岗位，结果成了我的上司。由她执掌这个位置也算皆大欢喜。作为一个畅销作家，她极大提高了这个部门的业内号召力，而我个人也能得到一点点厚待。尽管有了这些变化，可她并未彻底放弃外勤。这不，上任第一天，她就把我喊到新办公室，说打算写一篇关于耗耗的专访。

“你觉得他会接受采访吗？”

这可把我问住了。虽说耗耗跟着我长大，可自从当了动物演员，公关事宜并不由我过问，都是经纪公司打理。我解释了现实处境，然后告诉她直接和猫联系的方式。说老实话，我不觉得他的经纪人会把国内媒体的报道看得很重，所以乐得主动配合。思嘉毕竟是我喜欢的人，虽说还没当上我的总裁，可毕竟从不霸道，何况还帮过我。

这里还有一段小插曲，牵扯到她的前任，就是喜欢掰扯古典音乐的那位。就在不久之前，欧洲一座新落成的音乐厅揭幕，邀请各国媒体前往报道，该前辈自然少不了要去参与盛事。对方外宣部门的专家介绍过建筑和音响设计之后，欢迎记者提问。老兄非常专业地询问了音乐厅的舞台，为什么没有类似马林斯基剧院的升降功能，也不想想一个演出古典音乐的地方，要那些噱头有什么用。

这类问题虽说听了蛋疼，可人家无非花钱找几个媒体老师小乐几天，回国之后美言几句，彼此皆大欢喜，所以也不较真。可在场的中国同行看不下去，当天就把这事直接捅到网上，还说这哥们儿连小提琴的四根弦是哪些音都不知道，属于屡教不改。目测也是情商太低，人缘不行吧。这就伤到了整个公司的面子，加上老板自己遇上添堵的事，一怒之下把他打发到总编室负责改错字，这才有了思嘉的上位。

新任校对主任背后管这叫劣币逐良币。真实好有学问，好有 sense。

那天晚上我做了个梦，耗耗打来电话，说想见我。

记不清后来怎么就走进了一架波音的机舱。几个世纪没飞了，就连飞机里什么样都忘了。笨手笨脚弄了半天，这才系上安全带。暮色中缓缓进港，舷窗外的跑道灯星星点点，好像邮票上的边孔。离地升空时，窗外的景观好像一幅大地图，越来越倾斜，越来越模糊，我全身的血猛地涌向后背。

坐在我边上的是个慈眉善目的老先生，点餐的时候问我是不是去洛杉矶念书的。

去念书？我哪儿有那份好福气。也许是故意把我说得年轻吧。我告诉他是去看孩子。

“你的孩子做什么呀？”

“他是卡通。”这样说并不准确，可我不知道该怎么解释，an animal talent ?

“卡通？”

“是托尼猫。”

“托尼猫？”

耗耗的名字在美国算不上家喻户晓，我知道。路漫漫，夜漫漫，耗耗在夜的尽头等着我。

耗耗在海关外等我，举着个牌子：欢迎爹。我跑过去把他抱在怀里。他呢，又哭又跳脚。我摸摸他的头，涂了发胶的毛支棱起来，磨手的感觉像锉刀。然后我们直奔他的新家。他的车是特别定制版，为小型动物司机改装过，驾驶就像打电玩，靠扳动控制器上那两根操纵杆，和他在北京开玩具车一样。

耗耗住在一个我没听说过的地方，房子开着大玻璃窗，还有摩尔式的拱券和红色的瓦顶，很像我小时候按照外国画报里的样子用积木搭建的小动物之家。眼前这栋房子也是体量谦逊。对一只猫来说，算得上是天花高挑，可我每进一道门，都要弯腰低头。耗耗领我一间一间参观他的新居。在厨房的一角，我看见地上一个大号的穆拉诺彩虹烟灰缸，想必是在威尼斯买的吧，里面还有几粒吃剩下的猫粮。

下午喝茶的时候，我问耗耗今后都有哪些打算。他说希望去学导演。他有一个长期规划，就是拍摄世界上第一部由卡通导演的卡通片。这时窗外的海豚喷泉突然启动，水声远远传了进来。院子里的每一棵树，全部修剪成猫样——这臭小子，还是这么自恋。我把耗耗抱到腿上，落日熏香他的绒毛，他的喉咙里呼呼响着，就像小时候一样。

后来他领我去卡通世界参观，迪士尼公司还专门为我特批了一张通行证。真是个好地方，画得要多漂亮就有多漂亮——卡通草地、卡通白云，还有卡通城堡。这么好的地方给人家踩脏了多不合适。我赶紧把鞋脱了，放在入境口的墙根底下，然后再往里走。

草地上的卡通三五成群，围着湖边的篝火正在烧烤。湖水蓝得好像兑了硫酸铜。再往前，又是另外一群卡通，比刚才那帮有名多了。一个穿海魂衫的哑嗓子说，这是怎么一回事呀，和托尼走在一起的家伙为什么不穿鞋子？然后是那个圆耳朵的细嗓子说，唐纳，你表乱讲，人家可能是日本人，把咱们的草地当成榻榻米了。他们的议论圈在对话泡泡里，像是场景里有人在打弹幕。

一阵卡通风吹过，有个卡通巫婆骑着卡通扫帚刷地飞走。这就是风乍起，彗星的出现吧。耗耗忙给我介绍自己的同事，说伙计们，这是我爹。小精灵们听了之后陪我们一起看名胜，有白雪公主住过的森林、镜中仙境、人鱼的海底宫殿，还有钩子船长的海盗船。小飞侠彼得·潘还跳到前桅的顶桁上舞了几手剑法。

看着这些小卡通，跟我猫儿子也算是同行了，可要论起辈分，他们可是我的老爷爷。这种不上不下的历史性尴尬让我心里不踏实，急着急着就醒了。

# 四十六

我是被一个电话叫醒的。拿起手机一看，是思嘉。

在她结婚之后，我们就再没有过工作以外的联系，而这天刚好是周末。我不禁心生好奇，到底为了什么事，让她为这段已经冷藏的关系化冻。思嘉告诉我，她已经联系过耗耗，下周飞洛杉矶见面。于是我祝他们合作愉快。

“晚上有空吧？”我正要挂断，她又插进来一句。

好吧，我没办法推辞——不是对她没办法，是对自己——而且提前十分钟到达约定地点。我在太古里北区的奢侈品店之间转来转去，每隔一会儿就会掏出手机看时间，除心急之外，也是不想被人看成舔橱窗玻璃的。穷人也有自己那点小虚荣，尽管这一带鲜有路人光顾。

正是北京这个季节的昼夜交接点，沿街的氖气灯同时燃起，一家香奈尔专卖店前门打开，思嘉准点现身。她在暮色中穿过下沉广场，每迈出一步，都显示出面对镜头般的造型自觉。就在我们之间的距离还剩几步之遥，她停步放下手上的购物袋，稻草人一样平伸两臂，头向右侧一偏，几乎触碰到肩上，脸上浮起邀请的笑容。我快步上前，把她拥入怀中。她的目光、唇吻、气息，温软香滑地融敷在我脸上。

我们用手轻触彼此，像是笨拙地触读盲文。我的皮肤记忆正被她腰肢的曲线缓慢地导出。我知道自己沉睡的欲望正在苏醒，而且知道她也知道，同时她也知道我知道她知道。然后我们各退一步，放开彼此。

“我订了一个你喜欢的地方。”她先开口。

我略一躬身致谢。

“我们认识超过一年了吧？”她又换了个话题。

“不止了。”我苦笑一下，“这段历史长到足够把我们变成陌生人。”

她也对我报以苦笑，然后把手插进我的臂弯，引我转到邻街的方向。她的鞋跟在路面上踏出一条断音的虚线，我们也继续把一个个小话头，投石问路似的抛给对方。

“这一阵都还好吧？”这话还没完全出口，我就已经后悔了。

“你觉得呢？”在她侧目瞥来的一瞬间，我再次把失态的冲动，抑制到皮层以下。

我们很快走到她停车的地方。那是一辆非常非常昂贵的车，和她每天上班开的那辆丰田，属于完全不同的两个物种。地下停车场阴凉空旷——一个警匪片卧底片段从眼前闪过——我跨进思嘉身边的侧坐，等她启动导航仪，点燃引擎，然后说："看样子你嫁对人了。"

"是的，"然后她似有深意地又补充了一句，"但生活总有遗憾。"

这个我懂。反正不管哪个桥段里，我的角色永远是那个"遗憾"。

说着我们盘桓到了街面，又刚好碰上另一辆车抢道，思嘉的拳头重重地落在方向盘中间。隔音真不错，坐在车里居然听不见什么，但她的脾气倒是让我小吃一惊。我在后视镜里看见她的表情有点尴尬，便趁火打劫说我一直想注册一专利，把北京汽车喇叭全都改造一下，一按就说"师傅，您借光"。

"去你大爷的，我这儿开车呢。"

北京的高峰时段寸步难行，最适待在车里聊各种事，有的没的。好在我们堵在了太古里，这个超级省城唯一略似上海的一角，否则真能让你烦到爆。

后来我们就到了一艘巨型游轮上。先是一组全景镜头，直升机环绕俯拍乘风破浪的巨轮，还有起航码头上的送别场面——人潮涌动，彩旗猎猎，鼓乐喧天，高奏骊歌。留洋的学子、逃债的赌棍、趋利的商贾以及避祸的案犯纷纷踏上舷梯。离别的男女执手相看泪眼，抛家背井只身捞世界的移民神情忐忑，还有一队衮服翎冠的政府官员在总理大臣率领下，拱手预祝一位同僚不辱王命早日还朝。

接着是露天舞会。夜色莹碧，一片星辉在甲板外蜂拥，像舞台边缘的脚灯。艉部甲板上，我尾随化着晚妆的思嘉走在游泳池边。她的翠色长裙飘摆成一弧孔雀尾翎，在海风中不时箍出她的腿型，手中端着半杯红酒，另外半杯已经渲染成她的腮红。鼓乐齐鸣，满船灯光一齐点燃，把整个上层建筑辉映成一座光岛。六十四个琴师盛装出场，弹响六十四台钢琴，我们俩一蹲一耸一进一退，时不时又像抱成一团过马路那样东张西望，十分海派地跳舞来。

夜色中弥漫着欢乐的气氛，一种老式流行歌曲式的欢乐，黑暗中的波涛呼应着舞步节拍。我眼睛的余光看见那个出访的满大人端起手中的黄铜烟锅，吸了一口水烟，喉中咔地嗽出浓痰，又啪地啐到甲板上。几名随从摇扇捶背地侍立在他背后。船上供应的酒很好，我喝了不少，喝到思嘉去了哪里都不知道。

接下去的一幕是空袭。天边一群涂着红膏药机徽的“零”式驱逐机，随着拟真背景音响，拉高之后，朝我们的船俯冲而来。一个穿着橘红色充气背心的年轻人冲到舷边，用大口径机枪向外射击，直到饮弹倒下。警报器发出凄鸣，指挥台上的扩音器呼喊："注意！左舷 38 度发现敌方潜艇，距离 1600 码，速度 3 节。"一定是纳粹的 U 型潜艇，像一条金属鲸鱼悄悄游近。跟着水面上隐约看到两道白线，一前一后快速逼近。那是鱼雷。大船急剧转向规避，动作稍慢半拍，被一枚鱼雷命中船艉。轰隆的闷响，船身猛然一跳。我感觉体腔内一阵压痛，倒在甲板上。周围一片慌乱。

想必是后舱进水，船艏开始上翘。抢修工作刚开始，船长发现船只操纵失灵。经过检查，原来主舵已被炸毁。损管队员情急之下，在甲板上卸下三角钢琴的共鸣板，下水安装到舵轴上应急。船挣扎着继续行驶。没等甲板上秩序恢复，远处又从黑暗中射来一枚鱼雷。中部货舱进水，船长下令弃船。人群呼号着涌向舷边，救生艇不够了。

"我的爱人能和我一起撤离吗？"思嘉带着舞台腔问。

"不能，他必须和我一起留在船上。"一个水手面无表情地告诉她。

当救生艇被吊车缓缓放下，思嘉拉着我的手终于松开。她仰起脸，望着我挥手向她告别，直到舢板的龙骨切入黑暗的海水。未及离船的钢琴师回到岗位，在键盘前从容坐下，合奏威尔第的《安魂曲》中的《愤怒的日子》，直到寒冷和黑暗淹没了我。

# 四十七

我是被一阵电话铃叫醒的。睁开眼一看，自己单独躺在一个陌生的房间里。酒店的房间。我拿起床头的听筒，一个女声说还有两个小时就是退房时间，问我要不要续住。

当然不要。我的猫在家还没吃饭呢，然后突然想起耗耗在美国。我不知道怎么到了这里。之前几个小时的记忆，已经彻底消磁了。对，我和思嘉一起吃了晚饭，喝过酒也是肯定的。这是她第二次为我喝醉处理善后。

站在洗手间的淋浴喷头下面，热水慢慢驱散脑子里的雾。我想知道有没有说过做过什么，把事情弄得更糟。擦干穿好衣服，我拨了思嘉的手机号码。

“不用道歉，”她的话里完全不带表情，“记得对你交代过的事情就行了。”

可她到底说过什么事情呢？我假装没把这事彻底忘掉，说拜托她给我一份文字材料。

“已经发到你信箱了。”

退房前，又把夜里的梦回想了一遍，想来想去也没参悟出什么征兆和启示。还是算了吧。这阵子梦做得倒是挺多，可就是没什么干货，都像是把过去做过的梦，还有别人做过的梦，又重新做了一遍，凑成一堆超级链接。

到家之后，打开电脑，附件里是一个画展开幕式的请柬，印着二维码，要自己打印出来。另有一份展出说明，介绍几个参展画家，都是教授主席之类的体制内人物。我对这种展事从来没什么兴趣。更烦的是看过之后得交作业，稿子还不能太短，简单发布一条消息了事。其实就是有的没的，瞎搜一点儿时髦理论，把一帮糟老头子的陈芝麻烂谷子重新阐释一遍。

睡完午觉，我又把材料看了一遍，主要是背景部分。附在文件后面是一长串赞助商名单，其中一家文创咨询公司的名字看着眼熟，在脑子里检索了半天，想起和当初准备出版金永红那本恐龙书的公司同名。原来三儿逼在这件事里也有股份，难怪。

思嘉这是在发动老情人把家里的私事当成公事去办。也好。我又查阅了一些公开资料，特别是一些参展画家的作品收藏情况，继而坐实了三儿逼的艺术收藏家身份。在几年前的一篇杂志访谈中，其中一位画家讲到艺术品交易开放之初，一些敢为天下先的企业家朋友，在收购价格炒高之前大胆进场，解决了不少画家财务上的燃眉之急。现在这些手上有存货的人，要用各种借口发掘其中的文化审美意义，加速其升值。难怪有钱人总是朝着更有钱的方向一路狂奔。

遇到这种事，感觉也是种种扯淡，可思嘉毕竟是我的上司，只好懿旨执行。除了工作关系，我也不想因为猫儿子在国外的一点斩获，就开始髭毛翘尾巴。到了开展那天，我老老实实按时按点赶到美术馆，排队签到，拿了材料，等着约好的采访对象先接待完大单位的记者。

我瞄上一个画肖像的，早年曾经留苏。除了给大人物和美女造像，老人家另有一项爱好，就是掰扯巡回展览画派，并以社会现实主义的中国传人自命。这也由他去了。我只需要从他嘴里套几句话，写到文章里，然后交差完事。

寒暄之后，我环顾展区，把可以放进文章的作品浏览了一遍。这个展览应该花了不少钱。最起码，拆借那些烘托气氛的外国作品就不便宜，何况其中一两幅属于四线以上。这些年，某某及其时代成了圈里很多人的口头禅，随便弄一个展览，就得调动不少资源构建上下文，其中有些扯着扯着，就扯到欧美日本去了。其实就是造势，好显出核心作品的厉害。

为了说明这些工笔油彩明星画像的传统根基，策展人从巴黎的雅克马尔·安德烈博物馆，还有慕尼黑老美术馆的边边角角，搜来几幅洛可可风俗画，点缀在其中。画中那些十八世纪网红脸，也很符合北京土豪们的口味。我又看了一眼这些东西，让他觉着我是注意在看。提完两个标准问题，我指着那些西洋画，开始向他请教。

“这些作品，想必您在其他展馆也都见过，非常熟悉……”可我根本没来得及把话说完。

“我在巴黎的时候……”他清了一下嗓子，开始长篇独白，一面还在给我做艺术史辅导。

好，就让球先转着吧。不少那一辈的文艺家喜欢这种开场白，兴许是苏联的影响——我，一个苏维埃作家，走在巴黎的大街上，接着巴拉巴拉巴拉。

好在本人脑筋还算够用，略一运思，居然从那些充满外省气的抒情画里，找出一些话题。其中一幅是这位前辈七十年代末画的《学习中的少女》，模特是一个梳着马尾辫的女学生，手里捧着一本打开的书——估计是《英语 900 句》——半是维米尔，半是谢洛夫那种小资情调。

随后发表的文章里，我分析了画中的时代精神，一种人与外部世界相互疏离的时代精神，同时画家预示了一个移动获取信息的时代。至于那一通胡扯，自然是我回家以后的事了。

# 四十八

就在那段时间里，我也有一件东西在展出。展览安排在一个没那么正式但挺时髦的场地。这里说时髦，就是指那种后工业空间，按解构理论重新定义的废弃工厂。我说的这个地方，庭院里还特地补建了一段带枕木的老式铁轨，好像蜿蜒来自遥远的蒸汽时代。

我拿来参展的，恰好也是一列火车，玩具火车。不是很高级的那种，勉强算一件装置吧，标题就叫“火车向着纽约跑”。作为一个画漫画起步的人，我做到了坚守出身不忘本。这年头做艺术的，基本都不屑于自己动手。他们成了项目经理和电子大王。我把一节一节的小车厢，做成一联漫画，还把自己画了进去。除了自我表现，蹭一下热点也是必须的。于是就要配上我的猫。

我把自己剃度成一个和尚，逆行转世到一个虚化的古代世界。就像唐朝的日僧空海一样，不但跨国旅行，而且带着一只猫。与我同行的猫自然是耗耗。我们的船队扬帆东渡，登陆扶桑之后，首先击败了一个剑道名家的挑战，靠着猫使出各种损招，往对手脸上扬石灰，脚底下撒碎玻璃什么的。接着我们又跑到江户，侦破了一起谋害艺伎的密室凶案。

画着画着，小火车就画不下了。那就再买新的，更多新的。路上不仅有日本，还有美国。我在水中变身巨大的座头鲸，耗耗则是一只笑眯眯的宽吻海豚。跨过太平洋的旅程单调又乏味，除了遇到一艘不知是真是假的幽灵船。海洋中除了水还是水，再多的变化也只有水。各种佛系鸡汤成了必须。

我扮演的大师问耗耗能不能看出海的样子。不能？因为你就是海的一部分。

火车还没开到纽约半路，我接到一个陌生人的电话。开始以为有谁请我喝茶，可再一问，说是因为我的猫，需要和我交换一些意见。

那天下午刚好不忙，我抽空跑到办公室楼下一家咖啡屋，去赴这个约会。进门我就发现，只有一个人坐在最显眼的位置上，穿得挺讲究，那种不出格的讲究。想必就是此人无疑了。我走了过去，对方也起身相迎。

这个人先为冒昧打搅表示歉意，但从他的表情看，该道歉的似乎是我。他接着介绍来意，还有他在美国供职的律师事务所。他声称一个当事人最近注意到我的一件作品，其中使用了托尼猫的形象。鉴于这个形象涉及洛杉矶一家娱乐公司的注册产权，我的行为已经构成侵权。他说这些话的时候，口音里带着常年使用外语的痕迹，虽然他在努力克服，显得更加本土化。

“所以？”我不禁要问。

“所以我的委托人期待阁下收回已经公开展出的作品，并在今后停止类似做法。”

“那可是我的猫。”

“问题在于您是否可以提供相关法律文件，证明您对托尼猫的所有权。”

“要是我不合作呢？”

“那么我的委托人何以就此采取法律手段。我有必要提醒您，托尼猫作为一项知识产品，包括影视、报刊、出版物，以及相关衍生产品，已经在包括中华人民共和国在内的全球范围内注册。”

“你们要在中国为了我的猫起诉我？”

“中国正在知识产权保护领域飞快地进步。时代变了，我的朋友。至于您和托尼猫之间，只存在毫无法律依据的自然关系。”

我又一次在生活中败退，委曲求全是我唯一的出路。像我这种级别的艺术原本就是垃圾，没什么可值得坚持的。就像我早已经悟出来的结论，这辈子唯一拿得出手的作品只有一件，那就是我的猫。我不能让他因为我的鲁莽行为，遇到任何闪失。这个单我买不起。现在他已经不再是耗耗。他是托尼猫。好，我退赛，改当全职解说。

握手告辞的时候，这个浑身精英范儿的海归人士，又以个人身份向我补充一句：

“恕我直言，您不应该因为和一只猫共同生活过，就把他看成私有财产。对于一个生命，这也是一种物化的态度，您同意吗？”

行，你牛，你赢。你进过耶鲁伯克利，我就一底层人物。不就这意思吗？刚才还一直说，和我只是平等地交换意见。对，平等，所有人一律平等。罢特，问题是丫这种人，比我这种人更平等。

# 四十九

我的退让并没带给耗耗多少收益。这也怪不到别人，问题还是出在他自己的英语能力上。他口音太重，还经常说不出整句子。再就是他个子小，不给特写，镜头存在感就大打折扣。为了这一点，他至今还被同事拐弯抹角地笑话。明知不怀好意，可就是抓不住人家把柄。

耗耗这孩子我了解，种种好处都不用说，就是幽默感差些，尤其是他自己成了幽默对象。这些日子，他的事业线一路下滑，滑到了食物链下端。猫不顺的时候就更敏感，我跟他通电话的时候，也老得小心别刺激着他。还有一件令耗耗不爽的事，就是这个智能移动设备的时代，他只能看着别人刷屏眼馋。再袖珍的手机对他来说，带着也像背了一面大盾牌，实在不成个样子，只好接着在座机上踩按键。所以就连我也不是总能联系到他。

我没注意到的是，思嘉从洛杉矶发回的稿子，已经发表在我们的杂志上。文章把托尼猫，是的，托尼猫，写得像个国际巨星。他的房子，他的豪车，全都描述得过分详尽。总之，一个新移民实现美国梦的成功故事。我也知道其中很多事情，我也不好瞎做判断。说到底，我不是目击者。这辈子就连洛杉矶长啥样儿，我还没见过呢。

思嘉的文笔带有一种畅销书作家常见的一本正经，不时出现华尔街的著名投资人某某某，来自法国巴黎的高端品牌啥啥啥。平时提到教育背景，她不会像一般北京人那样简称北外，而是坚持使用全称，介绍自己毕业于北京外国语大学。在这背后是崇敬权威的个性。无条件地肯定正面价值，也是她在商业上小有斩获的因素之一。它的代价是扭曲现实，小说写得很纪实，新闻报道却像虚构。

结果事情出现了反转。一个住在南加州的华人记者，在我们网站写了一条几千字的跟帖，披露托尼猫的真实状况远不像报道中描述的那样。他说这只来自北京的猫，在演艺界根本算不上角色，基本就是给其他的猫当替身，赶上缺钱付不出房租的时候，还去一家剧场后台打过杂。海内外同胞互相揭起短来，都跟刚打了鸡血上了弦似的。赌对了国运的和赌错了的，赶上房价上涨和没赶上的，风向变化之后买得起单的和买不起的，总之都是屁股决定脑袋。至于说我原来的猫嘛，貌似所有人知道的全都比我多。

也有人站在更高的高度看待此事，指出我们的舆论空间，不能让一只出了国的猫占领。此话一发，我也躺着中了一枪，早已形同鸡肋的幼教咨询业务干脆彻底歇菜。有个网站上贴出耗耗的一张照片，脸上戴着黑皮做的海盗单眼罩，尾巴上的长毛剃得溜光，只留下尖梢上的那一小撮，就像撒旦那样，用发胶定型成箭头的样子，乍看就像一只蝎子。这对他的形象营销实在没有任何好处。

让我最难理解的是，思嘉何以要冒公众之小不韪，发表这么一篇东西。她在这个行业里，可是经营过若干年头的老司机了，对于游戏的各种玩法，早就烂熟于心。我怀疑在这期间，必有不足为外人道的缘故，值得好好侦察一番。

# 五十

这件事一转眼也就忘了，直到耗耗打过来一个电话，说他马上要回北京。

他说的这些都是当真？小子你没事儿吧？我憋了好些问题，可都忍住没说出来。猫的事，我知道自己早就没资格插嘴了。对我来说，耗耗已经是我无缘置喙的，超自然一样的存在，就像《神曲》描述的地狱之行。当小船驶近冥河尽头，一路为但丁领航的古典大师维吉尔说过极富深意的话：孩子呀，无常之火、永恒之火，你都已经领略。再向前，满目苍茫，吾亦不能为你指引……

一个阴谋论的念头突然冒出头来——该不是上回思嘉去美国，私底下跟他说了什么吧？

“不是她，是思嘉阿姨的先生。”几天后耗耗在电话里更正我。

难怪。

按照我刚听见的说法，三儿逼准备投资一部情景喜剧，讲一个三口之家的柴米油盐酱醋，耗耗受邀出演那家人的宠物。

“这样才有机会和国内的大腕合作。”他说，“人家赢了那么多大奖，还有票房。”

据说这档节目的大部分资金来自一家日化产品公司。他们新近研发的宠物香波和护毛素，正打算请耗耗代言。另有一家游戏制作公司，准备独家买下他的形象使用权，开发成一款数码宠物。然而让他痛下决心的并不是流量和金钱，而是文化情怀。反正他是这么说的。

“总不能永远在片中讲英语呀，老爹。”他接着解释，“耗耗不想再做一只被翻译的猫。这里活得好辛苦，又不被看重。没有人点赞的生活，是没有意义的生活。”

说得好有哲理。

我放下手机，天早已经黑了。我没有开灯，只有进入屏保模式的电脑，在桌上莹莹闪光，飘卷舞动的彩带图形，好像窥视窗中的深海景象。接下去，一切都会黑掉。我点上一支烟，打算努一把力气，尽量想一点儿高兴的事，可又实在做不到。对，我明白，就算住在北京，耗耗也不会再回我这儿，过原来的日子了。可毕竟，比如用不了太久，我就又能再见到他，就连辛苦飞一趟洛杉矶都可以免了。

可谁能担保我见到的，不是游戏里虚拟托尼猫？为了见他一面，还要专门下载一个应用。而且谁都可以下载一个完全一样的应用，和我分享一款产品，一只数字化的猫。

我拉开布帘，不远处的那家起名“无印良品”的服装店，还像平常一样门庭冷落。几年前就是在那儿买了白棉T恤，印成文化衫，和耗耗一起去市场上兜售，结果蹲了班房。再往远处，几条街外的商务区，正是筹划开发数字猫游戏那家公司的办公楼，眨闪着“好运大厦”的霓虹灯标。

我对那座大楼、那家公司并不生疏。现在我就过去看看里面的人，都在算计什么。

# 五十一

办公楼用大块玻璃拼接的外墙体，好像一座垂直的溜冰场。你不妨想象克服了地心引力，换上冰刀在墙面上滑行，腾跃。透出云隙的月光，在镀膜的玻璃表面挥发成银雾。绑定在我四肢上的橡胶吸盘，在镜面上蹭出一道道类似擦字橡皮留下的污痕。我小心避开玻璃板块之间的接缝，以免空气漏进吸盘，否则整个人就要坠毁。

我全身贴近玻璃表面，四周经过的汽车倒影连缀流溢，把我淹没在一道道彩色的光溪里。我用几乎静止的速度，缓慢提升自己的高度。玻璃镜面中，一片浓云缓缓飘进我眼中的余光。终于来了，那片汹涌的白色淹没了月影，玻璃反射的天光骤然熄灭。然后我看到镜面后的点点灯光。

玻璃另一侧，一道活动墙板把内部空间一分为二。我的左眼看到一个明亮规整的写字间，几个穿戴规整的男女或坐或立或动或静，总之没有下班；右眼那边则是一个熄灯的会议厅。两个人开门进屋，把一线光亮从楼道带进室内的黑暗，然后抬走一个个花篮。墙上的绸幅贴着黄色的剪纸大字，只能看见热烈祝贺什么。搬运花篮的工人关门时，带走了那一线灯光，后面的字也随即消失。

云层继续聚集，天被拥挤得更阴沉。我得加快速度。万一下起雨来，吸盘遇水就会失效。我会沿着光硬的玻璃下滑一段距离，加速，然后脱离墙面，跌入半空，和一部下降的透明观光电梯正好同步；乘客的手指和眼睛瞄准我在楼下的水泥车道上肝脑涂地。一个偶然路过的女人发出尖叫，为整个过程伴音。

我最后悟出一个道理——所有高楼都应该画上几溜垂直排列的连环画，一幅幅自上而下，让坠楼的倒霉蛋最后欣赏一段蓝胖子机器猫，或者《小马过河》一类的动画短片。考虑到重力加速度这个因素，每幅画面的高度应该逐一增加，相对于坠落者，每秒刚好二十四格。几分钟后，闻讯赶来的警察驱散围观的人群，封锁现场，把我的尸体抬上一辆转着警灯的救护车，然后鸣笛而去。路面上将留下血迹，还有粉笔画出的曲折回环的一圈人体轮廓。

但这一切并未发生。身后的乌云稍一聚集，便四下飞散，玻璃表面再次弥漫月亮的银辉。驱散流云的阵风，让我全身肌肉一惊，大面积的平板玻璃，正悠悠颤动成细微的惊涛骇浪。我在一片光亮的表面上沉浮，经过刹那的黑暗，又被抛入赤裸的光明。我再次停下，一阵恶心呼之欲出。暗紫色的恶心，像一条鱼被捕捞出深海时，呕出的累累脏器。

又一片云随风经过，抹去前后左右的所有反光，大楼内部像水族箱一般，再次清澈见底。暗影中，两点细小的微光，好像深水中的鱼眼，不时幽幽一闪。那是望远镜！固定在三脚架上，瞄准马路对面的露天游泳池。

随着高度增加，我的体能储备降至底线，不时横切而过的阵风，也在把我往半空中拉拽。等我终于翻身跨上楼顶平台，倒在铺在地面的粗沙上，感觉就像月下的海滩漂浮在半空中。一架准备进场的班机朝邻近的机场飞过，又亮又远又清楚。

我用两臂支撑上半身，像两台乏力的千斤顶，起立后，彻骨的疲惫燃烧成轻盈的漂浮感，走到不远处一排空调系统粗大的换气弯管后面。楼顶平台临街一侧，从右到左，反向树立着四个边缘勾勒着霓虹灯管的花岗岩字标——好运大厦。

综上所说，均属想象。一格一格的漫画，在我脑子里依序掠过，铺叙出一次营救行动。

# 五十二

我在写字楼顶站起身。不远处是一片缩小比例的外国名胜，从吉萨金字塔到帝国大厦，从大本钟到巴黎铁塔。在那当中，还竖着一对麦当劳的狼耳朵，荧荧地泛射出黄色的光晕。

我钻进一道检修口，沿着铁扶梯溜到下面的楼道，摸进电梯间。

一扇滑门打开，走出衣着整齐的两男一女，都是面无表情，很有效率的样子。先下后上，我一步跨了进去，在控制面板上随机按了地下楼层。

一连串阿拉伯数字闪着红灯，像炸弹上的定时器，标识着下降速度。

有人说一幢建筑就是一本书。我溜进情节内部，像书中的一个人物。

大楼底层，口径不一的管道经过头顶。我像被幽禁在船底舱，寂静之外是不可知的威胁，也许隔壁就是丛生的暗礁，是冰山，是一颗鱼雷如侵入大气层的小行星急速驶来。

穿过狭长的隧道，眼前豁然开朗，一间大厅足有两层楼高，到处支撑着钢铁焊接的桁梁，一架老式运输机模型被缆索垂吊在半空，两翼平直，起落架刚好收到一半。所有的轮胎和液压动作筒都用真正的零部件组装。机身下面是临时搭建的舞台，有麦克风、电子琴和鼓，四周一圈脚灯，像刚刚开过摇滚演唱会。

一个红色光斑时隐时现，好像瞄准具射出的激光束。

蒙面杀手摽住钢缆，持枪循索而下。我翻身闪避，眼前一排弹着点，好像缝纫机的针脚，缝死了我的去路。但这也是假的，是想象。

光源来自头顶的飞机，在一扇舷窗里不怀好意地眨闪。我跳上舞台边的一部液压升降机，按下操纵盒上的按钮。平台哼哼唧唧地升高，升到离飞机舱门不远时，我把机器停住，然后探身跨进舱门。

脚一踏上机舱的轻合金地板，整个机身顿失平衡，秋千一样左右摇晃，像在风暴中飞行。我在会话气泡里脑补一句："各位乘客，现在飞机遇到强烈气流，请您系好安全带。"

机舱内像一间舞台控制室，装备有调音台、各种灯光调节开关、指挥话筒，还有录像设备。我猫腰一路搜索，在一个铝合金储物架上找到一张碟片，插进一台机器。

光碟记录的是一场演唱会。我检查过音量，已经调至零，然后按下播放键。表演开始前，镜头往复扫描台下的人群。拿不到监控录像，这就是替代品。

观众前排站着一个胖男人，水草一般摇曳的人群当中，只有他穿一身套装，还戴着墨镜，领带印着蜥蜴图案。那正是三儿逼。

舱门外面一阵噪音，我冲到舱门边一看，托送我上来的升降机正摇摇晃晃地自动回落。竟然碰上这么一台不靠谱的破机器。

苦思对策之间，外面进来两个警卫。我屏住呼吸，在思想气泡里说："幸亏出了个意外，要不升降机肯定会让警卫注意到飞机。"

那两个人，一个巡视一遍四周围，另一个把一个宠物笼子放到地上。

"小子，给我老实在这儿待着，想想怎么把你的事儿干好。"

"关在这一点儿也不逗乐的地方，干什么事？"这是猫的声音，"不逗乐，毋宁死。"

"想死容易。"

警卫吼完走了，其中一个关掉墙上的电源。黑暗一下涌进整个场地，我藏身的模型机舱，好像悬浮在黑暗中的潜艇。下面，两道远去的手电筒光柱，像是搜索海底的探照灯。

我的眼睛开始适应黑暗，隐约分辨出身边一些物体的轮廓。现在首先要解决脱身的问题。那些做设计的混蛋怎么就不能朴实一点，非得弄一架老式飞机吊在这儿，扮什么酷，怀什么旧！换成一架新式飞机，或许还能打开太平门，放出逃生滑梯。

我在暗中摸索，从几台电子设备上拔下一些导线，再从一个插头用手捋到另一端的插头，挑了几根最长的，拧到一起，编成辫绳，一端穿入舱门口的安全把手，打好一个水手节，用力拽了几下，证明强度可以接受，再把另一头抛入下面的黑暗，两手抓紧，伸出一条腿盘住，然后双手交替轮换。慢慢下降。绳索编的时候觉得很长，一旦用起来，三把两把就到头了。

两脚下面的黑暗深不见底，不能断定下面是什么，有多远，但我只能一咬牙一闭眼，把自己的性命托付给运气了。我一下沉入黑暗的最深处，整个过程感觉很慢，慢得就像沿着刻度清晰的量尺一路直下。

量尺的最后一格是疼痛，疼得麻辣刺眼。所有的不良反应向我证实，自己现在没死没残，值得含泪庆祝，虽然疼痛毕竟是疼痛。我判断自己先触到舞台边缘，稍一减速，再滚落到冷硬的水泥地面上。

麻木的脚踝就像刚从冷库里搬出来的冻肉，随着化冻，开始密密麻麻地布满细小的刺痛。在短时间里，我只好客串一下四足动物了，比如一只挣扎着逃出偷运者的囚笼，拖着伤腿躲到一台升降机底盘下面，在黑暗中喷吐出舌焰的科莫多龙。

囚禁在黑暗中，失去与外部的联系，一切的一切，一切和一切，一切之间彻底失去差别。一切不再发生，一切变化失去参照，时间没了，被植入病毒，彻底死机。

感慨结束，我爬出升降车底盘，两腿开始恢复操纵性能，尽管疼痛和间歇性麻木很顽固。

我以俯卧撑姿势作为铺垫，再屈膝过渡到起跑姿势，重温一遍从猿进化到人的痛苦过程，直到身体状况已经恢复到一个醉汉的水平。

“前面是您吗,老爹？”笼子里的猫问,“耗耗在您右边。”

“儿子，是我。”我这才想起猫有老天给的夜视仪，正好给我指路。

我朝声源摸索过去，突然踢到什么硬物，然后俯身试探，直到摸出一个塑料制成的箱体。

“就是这儿，爹！对不起，给您找麻烦了。”我很高兴他有这样的认识。

我把猫藏在怀里，拉索扯到半胸高，让他把头露在外边，就像藏在育婴袋里的小袋鼠。

我搭电梯溜回楼顶，从留在露天平台的背囊里，找出一根缆索，一端在金属栏杆上勾紧，另一端抛到楼下，准备原路下滑返回。耗耗托腮坐在栏杆上，像一只愁眉苦脸的哥特怪兽。

“儿子，你先下。”

“耗耗怕高呀，爹。”

“你小子不是演过动作片吗？”

“可电影里都是假的呀。”

“行吧。那就抓住了我，就当你老爹是蜘蛛人。”

太晚了，警报已经响起，一行黑体字从楼下升到半空——他们在楼顶上！！！

不能落地，只能上天。我又从背囊中取出一组轻合金管，还有尼龙织物，一阵手忙脚乱，拼接出一架微型扑翼机，迎着初现的曙光，骄傲地扬起一对蝴蝶翅膀。

“儿子，咱们走！”可没等我加注好燃料，一只机器速盗龙从检修洞口，蹿上楼顶平台，接着又是一只。

两只机甲恐龙向我逼近，齿缝之间不时喷吐出火焰。耗耗从我怀里挣脱，飞蹿到平台边。我以为他是被吓跑——那是找死——大声喊他回来。

耗耗从我丢弃的背包里，翻捡出两个燃料瓶，一个用抛物线丢给我，继续给扑翼机加油；手里握着另一个，冲向前面那只速盗龙。

耗耗抛出简易燃烧弹，当即脱靶，被速盗龙赶着四处奔逃。

我这边压力顿减，趁机做好起飞准备。

耗耗再次跑回到背包，一阵摸索，掏出最后一瓶燃料。

这瓶莫洛托夫鸡尾酒命中前面那只盗龙头部，便立刻破碎，被利齿之间喷出的火焰点燃。丧失视力的金属怪兽暴跳挣扎，随即撞上自己的同伙，同时倒地。

一个古典式的热气球浮现在楼外，吊舱中的弩炮发射出一对回旋镖，在半空中稍一磕碰，便抄左右两路袭来。

猫已经钻回我怀里，小飞机也已经离地，堪堪避过飞来的利刃，只有一侧滑行轮被斩落。

一枚拖带拉索的捕鲸叉从背后呼啸而来，就要命中扑翼机，同时一个追兵的燧发枪开火，铅弹后发先至，打中我身后的座椅靠背，意外成了助推加速的动力。机身摇摇欲坠之间，恰好甩掉尾随而来的镖叉。

我们绕过脚下的城市，飞向远方的群山。更远处是海，是天空。

## 五十三

不用说我也知道，用携猫胜利大逃亡做结尾，未免太过希腊神话。事情远比这复杂得多。

几小时前，我还像壁虎一样在“好运大厦”上面攀爬，透过玻璃看到大楼内部一个空间，感觉有点像制衣公司存放衣偶的库房，里面排列着各种性别、族裔、身材、服饰、发式的人形，还有一时弄不清楚功能的设备，气氛有些诡异。当时我在心里画了个对勾，把这个地方列入重点探查目标。

为了达成这一目的，我只好前往大楼求职，几经曲折，终于获得我设想中的看门人位置。经过一段时间暗中观察，我发现这是一个特殊的交易中心，负责代理各类叙事作品中的人物形象，通过运营它们的出场、改编、翻译，从中赚取佣金。如果发生病毒式传播，服务费的比例还会增加到不便公开的程度。这里的最高权力机关，是一个人数众多的委员会，成员身份保密，每年春节前后，召开年度例会，投票选举准备推向市场的人物。

选谁不选谁的问题，本来与我没有任何关系。我潜入这个部门，只是为了找到我的猫。可过了没几天，我打听到连环画人物也在该机构的雷达探测范围之内，立场就此动摇。假如不把他带走，而是让他加入到网红万神殿，甚至成为经典，是不是要比原计划更好呢，不论对我还是对他？当然这并不容易，我也只是一颗黑心两手准备的姿态。

对于一个人物形象，不管出身于小说、电影还是漫画，能被这个机构看中是极大的荣誉，于是不少人物，甚至它们的作者，经常不择手段地跑来闹事，以图侥幸。在如今这样一个全球化背景下，甚至还有一些外国作品中的人物，也参加到请愿者的行列。作为一名警卫，我就是文化典律化的第一道防线。

很多人或许不大了解，为了节约经费，以及简化管理，我们这里的备用人物形象，要求尽可能具有通用性，按照男女胖瘦美丑高矮分类。比如古代仕女，不管姓名朝代，只需一个常用，一个备用。她会关在一间很偏僻的屋子里，四周茂密地栽满竹子，一道溪水从门前流过，再配发一张古琴，几幅字画，表示孤独忧郁的情调。至于角色变化，以往通过改变服装发型就能解决，后来有了各种数字编辑技术，更是一片蛋糕。

这也进一步加剧了候补者的名额限制。只有业内一向轻视的动物形象，反倒还有些机会。这也是我内心动摇的原因之一。现在的问题是，我首先要把猫找到。但在这样一座图像和语言的迷宫中，一切谈何容易。

每天从宿舍去值班室，必须穿过若干用成语堆建的走廊。整整一路看到的全都是褒义词，欣欣向荣发扬光大美轮美奂雅人深致身名俱泰金声玉振长治久安开云见日马到成功，诸如此类；向内的一侧都是外来语，如大千世界不二法门功德无量无法无天极乐世界剩余价值自由意志象征主义公共空间现代意识理想原型意识形态国际风格异国情调。总而言之，都是四四方方，整整齐齐，非常便于施工。至于一些贬义词，比如江郎才尽曲高和寡词不达意姿媚不雅无谓穿凿之类，领导上决定用它们砌地下室、厕所和锅炉房。

高层办公室的装修，据说要比这复杂得多，相互之间还有差别，都要从欧美日直接进口，且以宫殿风格为主，法国古典、江户幕府，也有明清皇家款式。也有管理层成员偏爱《安娜·卡列尼娜》里的上流宅邸，或者雷蒙·钱德勒笔下的南加州土豪别墅，应有尽有。这些都是道听途说，并未亲眼所见。

我还听人说起这个部门历史上的麻烦，好像跟过去的时髦理论有瓜葛，比较虚无主义，叫作祛魅，随便什么高大上的事，都能让他们扒到底裤。后来管理层设计出一个解决方案，就是把虚无分子们请到他们中间，吸纳为委员会的基层成员。没过几天，专家们就开始为万恶的资本体制添砖加瓦了。可惜他们造出来的新派成语都不规整，七长八短的，比不上那些传统材料，很少能派上用场。

这些都是题外话。我在此潜伏目的明确，就是为了找回被绑架的猫，还要装得若无其事。不是那种成竹在胸的若无其事，而是没东西可以再输的麻木不仁。比如我现在就坐在问询窗口的办公桌前，频繁喝茶，然后电话铃就响了。我拿起听筒："喂？"

"老李头，是我呀。"这是"好运大厦"的保卫处长，我的老板。我报告一切平安无事，只等他光临指导。

"很好，我马上就到。注意，今天有重要的外宾来访，一定要把安全保卫工作搞好。"

我表示遵命之后，领导进一步训示，要求我先去后花园查看一下，检查那边的卫生情况，万一后勤组准备得不行，要我也帮着打扫打扫。这个王八蛋！

我一边暗骂，一边心中窃喜。这是我进入大楼以来，第一次有机会进入后面的核心地带。没有领导特别批准，像我这种底层差役，对那种地方躲避还来不及。那个地方就像是内宅，圈养着一大批著名的女性人物，如果出了差错，虽万死不足以谢罪。特别是今天，到访来宾是西方文艺史上一个出了名的采花贼，更不可不防。

客人终于在众多文学爱好者的簇拥下出场，还有不少人邀请他签名合影。可是在我眼里，这个人的长相实在一般，脸色不好，皱纹太多，细腿裤蝙蝠袖上衣上有好几个破洞。我也不喜欢他那副巴洛克做派——下巴一翘，脖子一梗，双手一背，腰里的佩剑像根尾巴似的甩来甩去。现在他在公司负责人陪同下，一路欣赏湖光山色和古老的东方园林艺术。

经过一座明式小楼时，楼上一个美女卷起湘帘，稍不留神，香木折扇脱手坠落到楼下，而且正好命中来宾头顶。后者受惊，正待发作，抬头看见失主竟是如此一个尤物，顿时酥了半边。美女款步下楼，向这个外国人道了万福，还说了些奴家一时失手，望国际大官人恕罪之类的话。来宾拾起扇子，要翻译告诉对方些许小事，无足轻重，又问美女是否今夜可以放软梯下来等他。

“你连轻功都不会，还想飞檐走壁偷香窃玉？就在外面给姐唱唱歌吧。”吃过猴儿尿的，口才就是不同凡响。要是碰见笨嘴拙舌的，麻烦就大了。

我是来找耗耗，不是来看热闹的。正打算往后园深处走，就看见小楼下面跑过一只老鼠。不是那种鼠窜，而是相当从容的路过。显然不像有猫出没的样子。我离开人群，没走多远，周围一下子安静下来，夹道翠竿万挺，转过假山，飞流跃石梁而下,抵触有声。花园上空,美猴王孙行者正驾云巡逻,飞行在他右后方的僚机是挺着长枪、脚踏风火轮的哪吒。

过了竹桥，再往远处，只能看见几个峨冠博带的古人正在水边垂钓，一面还在联句作诗，可距离太远，只有“愁声入梦来”一句隐约可辨。这一路没有期待的收获，离开办公室的时间也已经不短，我准备先赶回大楼前厅，免遭上面的猜疑。正要往回走，衣袋里的手机一阵颤动，像是新收到一条短信。

一个陌生号码发来一个链接。打开一看，是关于耗耗最近的动态，提到他要出演的剧集，还有所谓根据他的形象量身定做的新款游戏。这些都在电话上听他自己讲过，算不上新闻。唯一让我眼珠掉出来的是，文章配发的照片里，耗耗看着就像没有长毛的塑料假猫。那篇报道还漏掉了最重要的信息——猫现在究竟在哪儿？还在美国，还是已经禁闭在这座城堡？得到确切消息之前，还得接着潜伏侦查。

回到传达室，我歇息片刻，午饭的时间已经到了。我锁上门，去地下食堂吃了几个包子，又在门前的广场上打了一套太极拳。转眼到了下午上班的时间，我回屋又给早上没喝完的茶，重新换了热水，然后继续前一天没看完的报纸，然后又把新到的报纸挨门挨户送到楼上各个办公室。干完一天的活，天色凄凉地静了下来。

这份安静并没过几分钟，一个西装革履、打着斜纹领带的小伙子，朝这里边走边咋呼。我认出那是楼上负责对外联络的小徐。

“老师傅呀，这里有位外宾坚持要进来。和他讲不通话，手机又丢掉了，没办法翻译。”

我也看见他边上的那个外国人，在黄昏中站成一个剪影，于是过去打招呼，一面掏出手机，打开一个口译 APP。我听说小徐在几个国家读过书，虽说全部是以肄业告终，没拿到学位，但英语水平相当不错，起码和一般老外对话没问题，而且性格外向，喜欢交际。可他这回遇见的老外，偏偏是个不懂英语的。

他说的是德语。这个人很难说出什么特征，但我认出他就是土地丈量员 K。

通向城堡的路有好几条，有时一条路成了热门，大多数车辆就都走这一条路，有时另外一条路成了热门，于是大家又都挤到那儿去。

——弗兰兹·卡夫卡《城堡》

出 品 人：许　永
策　　划：文　能
责任编辑：许宗华
特邀编辑：何青泓
封面设计：海　云
内文设计：万　雪
印制总监：蒋　波
发行总监：田峰峥
投稿信箱：cmsdbj@163.com
发　　行：北京创美汇品图书有限公司
发行热线：010-59799930

创美工厂
官方微博

创美工厂
微信公众号